Charles Catteau

Destin bourreau

Fatum vexator

roman

Note de l'auteur

Ce texte est la reprise, minime, d'un texte écrit il y a plus de trente ans. Si je n'ai pu m'extraire de quelques données autobiographiques, elles n'ont constitué qu'un point de départ de l'écriture romanesque.

Ce qui m'a semblé plus intéressant et qui m'a le plus étonné c'est la consistance des personnages qui a évolué vers l'autonomie au fil de la conception et de l'écriture : ainsi le personnage d'Eva qui au début de son évocation rappelait des traits ou ressuscitait des images de femmes que j'avais croisées et qui avaient attiré mon attention est-il devenu autonome au point que cette Eva ne dépend plus de personne, est devenue vraiment la seule Eva du roman.

S'il y a une vérité, c'est celle qui, comme l'écrivait Francis Scott Fitzgerald, celle qui se plie à l'exactitude de l'imaginaire.

© 2016, Charles Catteau

Edition : BoD - Books on Demand
12/14 rond-point des Champs Elysées, 75008 Paris
Impression : Books on Demand GmbH, Norderstedt, Allemagne
ISBN : 9782322076789
Dépôt légal : avril 2016

Chassés du paradis

Plus l'on monte haut, plus la chute est douloureuse. Il faut tant de temps pour gravir la montagne, si peu de temps pour dévisser, tant de temps pour bâtir et si peu pour subir la ruine. L'approfondissement d'un amour et la réalisation de sa plénitude se font à petits pas, petits signes, petits échanges, petits contacts, petits touchers ; son écroulement peut venir d'un coup du destin brutal et instantané. Cruelle destinée qui fait connaître l'effondrement de ce qu'il a fallu tant de patience à élever et au moment où l'on croyait d'autant plus pouvoir s'y abandonner que ce moment avait été long à atteindre ! Adam et Eve ont été chassés du paradis terrestre non pas tant pour avoir cédé à la tentation de consommer un fruit de l'arbre de vie et de science mais pour avoir désobéi à un ordre divin (en lui-même peu compréhensible, d'interdire l'accès à la vie et à la science).

Jean et Eva qui s'étaient connus puis aimés au travail, qui venaient à la suite d'une longue évolution d'accéder au bonheur paradisiaque de tout partager, voyaient ce bonheur lacéré par une annonce de mutation aussi banale que triviale qui signifiait la séparation. Il avait fallu tant de temps pour le connaître et ils y étaient venus si spontanément, il était si intense qu'ils l'avaient cru hors du temps. L'amour, le grand amour n'était-il donc qu'une illusion ? Les amants ne devenaient-ils tels que pour devoir se séparer ? Fallait-il donc être punis, sans avoir commis de faute de désobéissance, pour s'être laissés vivre une passion partagée ? Cette passion ne pouvait-elle se prolonger dans le temps et était-il fatal qu'elle cède à un événement ?

La cruauté de leur sort était d'autant plus brûlante que le feu les avait réchauffés, que cette chaleur était encore présente dans leurs corps et dans leurs cœurs, qu'elle était là, qu'ils la sentaient en permanence. Non, leur amour n'était pas une illusion mais bien une réalité, une donnée existentielle et il faudrait voir mourir cette réalité ? C'était la malédiction qui se prolongeait depuis Adam. Ils ne connaissaient sur le coup ni parjure ni révolte mais étaient écrasés de douleur, assommés par le destin. Comment résister, comment survivre ? Comment reprendre une vie, des vies séparées, l'un sans l'autre ? Ils ne pouvaient envisager que la vie, leur vie reprenne, peut-être chacun avec un ou une autre ?

Le chemin

Jean Costre en huit années de fonction avait acquis une stabilité professionnelle et morale qui renforçait grandement sa sérénité. A l'aise dans son statut, fidèle à ses premiers buts il manifestait une constance dans l'action qui favorisait une adaptation qu'il perfectionnait pendant qu'il la savourait en exerçant tous les jours. Quand il s'arrêtait un moment pour contempler son existence, il remerciait le ciel de lui avoir donné une pleine félicité dans le passé et de l'avoir fait vivre, en conformité avec le caractère des hommes de sa Flandre natale, avec le goût du travail bien fait conforme à l'idéal d'action et de justice qui l'habitait. Sa vie semblait s'être déroulée dans une grande régularité habitée d'une non moins grande volonté. Il était né pendant la guerre mais n'en avait hérité que la faculté de ses parents de résister et de surmonter les événements ; il avait traversé l'après guerre dans les privations et le tout relatif confort d'un milieu modeste mais l'exiguïté de sa condition avait été complètement gommée par la chaleur et la richesse de la vie familiale et pour tout l'or de Crésus ou des Rotschild il n'aurait voulu changer rétrospectivement sa première jeunesse. Fils de famille nombreuse, il avait pris l'habitude de se frotter aux autres, de se dénicher un petit domaine de tranquillité strictement personnelle, et aussi de trouver du réconfort dans les relations avec les autres. Se protégeant lui-même, il se protégeait facilement des agressions des autres mais jouissait en même temps de la nécessaire relation à autrui. Issu des classes moyennes, il avait toujours été à l'aise tant vis-à-vis des plus dotés que lui que vis-à-vis des moins favorisés ; en faculté il n'avait fait aucun complexe devant les camarades beaucoup plus fortunés et, tout fier de sa culture qu'il était, il avait su rester simple et direct avec les enfants prolétarisés dont il s'occupait la durée d'un camp chaque année.

Le première césure réelle de son existence avait été celle de son service militaire ; par préjugé intellectuel, il avait refusé l'école d'officiers, ce qu'il ne regretterait que bien plus tard. Très à l'aise dans la masse des appelés dont le caractère fruste ne voilait pas la sincérité, il n'avait pas supporté l'idiote tyrannie des sous-officiers qui faisaient d'un règlement suranné toute leur philosophie, pas plus que l'ignorance distante où se plaçaient les officiers par rapport à l'homme de troupe. Si encore on lui avait appris à faire la guerre, à manier les armes dans des conditions telles que cet apprentissage pût paraître adapté à une défense éventuelle de sa patrie ! Mais le temps se passait à effectuer des corvées, à tourner dans une grande cour grillagée, à manier des fusils antiques qui auraient dû être réformés ; seules les marches le satisfaisaient parce qu'il y retrouvait un contact prolongé avec la nature : faire trente kilomètres à pied de nuit, même chargé, lui était un plaisir ; désherber avec un couteau de cuisine les interstices des pavés entourant le bâtiment du commandement était pour lui une inanité. Passer son temps à faire des choses qui n'avaient pas le moindre sens, qui n'allaient même pas dans le but d'un entraînement à la défense lui avait fait pressentir que lui, le favorisé affectif et culturel, se trouvait du jour au lendemain, par l'effet d'un décret qui lui était entièrement extérieur, un inadapté complet ; sa souffrance avait été assez vive pour le marquer de manière tout à fait prolongée : en bon flamand de souche il assimilait les duretés de la vie pour mieux en préserver les bons côtés et cette souffrance il l'avait mémorisée pour mieux apprécier plus tard la réalité des situations : quand devenu juge des enfants il se trouverait confronté à la terrible décision d'enlever des enfants de leur milieu, il ferait référence à cette fraction de vie et rapporterait au but qu'il recherchait le traumatisme qu'il allait imposer. Jamais il ne pourrait prendre une décision abstraite, sortie du contexte de l'enfant auquel elle allait s'appliquer : le mieux irréel aurait été vécu par lui, juge, comme un illogisme doublé d'une absurdité. Certains l'avaient parfois critiqué de risquer de laisser des enfants dans des situations pathogènes : il n'avait jamais douté que les risques qu'il prenait, cas par cas, étaient justifiés parce que, soit le traumatisme de la situation créée aurait été démesuré par rapport au résultat escompté, soit le profit avancé aurait été hors de portée de ceux auxquels on voulait l'imputer. Réalisme et motivation, réflexion pour l'action, il s'était senti porté par ces grandes idées quand il avait choisi pendant ses stages de magistrat de s'orienter vers la justice des mineurs. Il avait été amusé de voir ses collègues installés tomber les uns dans l'idéalisme désincarné, les autres dans une résignation fataliste et avait choisi sa voie : faire avec les moyens qu'il avait tout ce qui serait possible envers ces gosses pourvu que ce fût adapté à leur situation. Pour cela il fallait étudier les techniques offertes par les sciences humaines ou psycho-médicales sans les déifier bêtement. Il rapportait tout ce qu'il découvrait à son bon sens et ne reculait pas devant le refus de ce qui le choquait ; la psychologie des profondeurs n'aurait pas de prise sur lui, pas plus que le pragmatisme musclé des tenants à courte vue de l'autorité. Il ne marchait que s'il savait où il allait et avec quelles chaussures il allait y aller ; il lui paraissait préférable de rester sur place que de se lancer dans un brouillard éthéré : il savait prendre des risques mais il ne l'aurait pas fait au hasard. Toute décision devait se conjuguer avec sa logique personnelle.

Même réflexion, même supputation, même pesée quand il envisageait de mettre en détention un grand gosse : l'armée avait eu l'autre avantage pour lui de faire de la prison une réalité vécue. Il avait été bouclé huit jours dans une cellule militaire collective parce qu'il n'avait pas aperçu une patrouille et que d'un trottoir à l'autre il n'avait pas salué le capitaine qui marchait de l'autre côté de la rue : sa bonne foi était manifeste, il en avait fait état sincèrement sans s'excuser parce qu'il n'était pas culpabilisé mais l'évidence n'avait pas traversé l'esprit de l'officier dont le caractère borné n'avait pas honoré le grade. Celui-ci avait appliqué à la lettre un règlement que l'auteur de la sanction devait croire lui-même, du moins il faut l'espérer, idiot et Jean avait écopé de huit jours de prison, confirmés par le colonel puis le général comme si la distraction avait justifié la mobilisation de cette routine à sardines et de cette moelle à étoiles ; Jean, comme le dernier des rebelles, avait été jeté dans un réduit sombre où trois rasés étaient couchés sur la paille et où le seul rai de lumière qui perçait la couverture en chaume n'était dirigé comme par dérision que sur la tinette ! L'endroit était infâme et l'infamie disproportionnée avec la faute commise. Jean était bien sûr étonné de la faculté d'adaptation que montraient les trois rasés, opposants par nature acceptant leur situation comme la conséquence inéluctable de leurs frasques, mais il s'était vite accoutumé à leur compagnie et même à leur vulgarité que le défaut d'éducation suffisait à faire comprendre. Par contre il avait gardé pendant un temps l'arrière goût amer de la rancœur que lui causait cette injustice flagrante et il s'était promis, en quittant l'odeur de cette taule qu'il avait dû porter, de ne jamais oublier l'expérience, de ne plus se faire prendre aussi bêtement, mais aussi de se souvenir que la descente aux enfers pouvait être aussi gratuite pour celui qui l'ordonnait à la légère que révoltante et cruelle pour celui qui la subissait sans comprendre la raison du châtiment. Son inconscient en avait pris la marque indélébile et jamais il n'avait mis en prison un mineur sans lui expliquer pourquoi il le faisait et sans expliciter ce qu'il attendait d'une mesure aussi draconienne. Le fait qu'il doutait parfois de l'efficacité de ce qu'il tentait ne l'empêchait pas de le dire parce qu'il exprimait à l'intéressé son but et le risque qu'il prenait malgré ses doutes de l'atteindre. Sur ce point son honnêteté n'avait jamais failli envers la victime forcée de même que le courage ne lui avait jamais manqué pour refuser une détention qui lui était demandée et dont il avait la conviction qu'elle serait incomprise donc inutile. Jean Costre avait ainsi parfaitement intégré cet incident de parcours dans la continuité de sa vie.

Enraciné, implanté, fondé et serein, il l'était encore par l'équilibre de sa vie personnelle et sentimentale. Ses aventures de jeunesse et de faculté n'avaient guère dépassé la stade de la rêverie à laquelle étaient réduits, sans grande frustration faute de comparaisons alléchantes, les jeunes de sa génération élevés dans la séparation non contestée des sexes ; il avait bénéficié dans le cadre d'une éducation où l'on n'abordait que très peu la sexualité, où l'on n'avait aucune initiation par l'image, la pornographie n'ayant surgi que bien plus tard dans le domaine public, de l'ouverture à la gent féminine que lui procurait ses sœurs dans un cadre familial bien contraint sur ce plan et il n'avait jamais éprouvé de besoin d'évasion extérieure autre que romantique, ou du moins il l'avait aisément refoulé. L'éveil des sens l'avait bien amené à pousser le badinage avec quelques étudiantes à la limite de l'engagement personnel. Persuadé de la nécessité absolue du travail pour décrocher le concours de l'école de la magistrature, il avait fait prévaloir sans grand mérite la raison sur le sentiment, se réservant, concours acquis, de transformer les divagations délicieuses de son imagination en plongeons dans la réalité incarnée... plus tard.

Le succès au concours était venu, l'armée avait passé sans qu'il eût trouvé chaussure à son pied : l'une lui paraissait trop futile, l'autre trop matérielle, l'autre trop possessive ; pour autant le chemin vers le sentiment n'avait pas été sans bosses ni secousses. Durant son service militaire il avait vécu une idylle avec une secrétaire mais celle-ci était vite parvenue à ce qui semblait pour lui un tel paroxysme d'amour qu'il en avait été effrayé à la fois comme s'il ne pouvait toucher à ce fruit immérité et comme s'il lui était impossible de s'engager sentimentalement dans une voie sans issue. Les choses pourtant n'avaient pas évolué de façon simple : la dame était mariée ; son union n'avait pas été féconde et l'attachement à son mari avait laissé la place à l'habitude ; elle était sérieuse (il prendrait conscience bien plus tard de cette fatalité qui s'imposait à lui de n'être attiré que par des femmes sérieuses) et avait résisté jusque là à toutes les tentations que le milieu lui avait proposées, non par bigoterie ou vertu farouche mais parce que rien de ce qui lui avait été proposé n'était motivé pour elle. Ce refus de s'engager à des futilités pour des futilités même sensuelles avait profondément sensibilisé Jean qui y voyait la correspondance avec sa nature profonde ; la secrétaire était un peu plus âgée que lui mais sa maturité ne faisait qu'ajouter à sa beauté et à sa vivacité de brune aux yeux noirs toujours en alerte. Toujours gaie, toujours curieuse, elle savait autant se concentrer sur son travail que se détendre quand il était terminé ; elle appréciait l'humour de Jean qu'elle lui retournait d'abord gentiment puis tendrement avec une élégance qui excluait toute vulgarité et qui habillait l'attrait naissant, l'attirance de l'un vers l'autre évidente. Jean avait voulu briller par son esprit, d'abord pour compenser la différence hiérarchique puis pour se griser de séduire un supérieur ; elle l'avait touché par le sien. Cette femme profondément sensible avait la logique de ses convictions sentimentales : autant elle avait jusque là refusé toute aventure parce qu'elle n'éprouvait rien pour ceux qui lui faisaient des propositions, autant elle cheminait vers l'exigence que son amour grandissant, et partagé par Jean avant qu'il ne l'effrayât, ne soit pas frustré de sa réalisation charnelle que la logique de sa passion imposait. Jean aurait probablement consommé une telle beauté et aurait goûté les délices de la chair s'il n'avait pris conscience de l'enchaînement fatal au moment où il partait en permission pour quinze jours. Profondément déchiré il prit de ce fait du recul par rapport à l'événement et l'impossibilité de prolonger les relations après la fin prochaine du service militaire l'empêcha d'abuser de l'expérience. Désespérée elle réclamait l'union qui pour la première fois de sa vie correspondait à un amour passionné avant que la première ne prît fin en espérant que le second survivrait. Inhibé par l'évident et terrible éphémère de la relation demandée Jean se refusait à faire d'un premier amour qui ne durerait pas une première expérience sexuelle qu'il serait trop cruel de devoir abandonner dans les larmes; avant de porter le coup fatal et de signifier sa décision de ne pas aller jusqu'à l'union des corps il avait longuement marché dans les quartiers chauds de Paris et quand son œil croisait une silhouette qui s'offrait élégamment, il méditait sombrement qu'il aurait mieux fait d'aller payer l'un quelconque de ces objets pour se garder d'être emporté, mais il était touché et se devait de faire face. Elle avait menacé de se suicider et n'avait renoncé à sa funeste inclinaison que lorsque Jean lui avait démontré qu'elle nierait ainsi tout l'échange sentimental qu'ils avaient vécu. Ces moments avaient été douloureux et souvent, plus tard, Jean s'était demandé comment sa vie aurait tourné s'il avait accepté. Petit homme que le choix d'un chemin oriente d'un côté ou de l'autre de l'existence ! Parfois le goût sur de la jouissance perdue le travaillait ; toujours il gardait l'émotion de la pensée d'un être qui l'avait adoré et qu'il ne reverrait jamais.

Peu extériorisé, le tempérament profondément romanesque de ce froid flamand s'était concentré sur sa formation professionnelle ; il avait détourné toute son énergie de ce rêve romantique qui ne s'était pas traduit dans la chair pour acquérir une technique aussi complète que possible dont il sentait qu'il ne la dépasserait mieux qu'après l'avoir maîtrisée. Il avait d'abord acquis la rigueur de la démonstration en purgeant ses projets de réquisitoire de tout sentiment de vengeance et en ne considérant les affaires qu'avec un œil professionnel débarrassé de toute pression psychologique ou sociologique ; la fuite de son expérience avortée l'avait certainement aidé à prendre possession de cette approche quasi mécanique qui était la vraie garantie du justiciable avant que, les faits froidement considérés jusqu'à l'appréciation de la culpabilité, le juge ne réinsère son sens de l'humain dans la solution, dans la punition, dans le jugement moral et social. La même froideur et la même rigueur lui avaient accru le plaisir de retrouver les délices intellectuels du jugement civil où l'esprit devait apprendre à combiner les faits et les textes, à jongler avec l'interprétation de ceux-ci, à construire avec le ciment de la logique un jugement : divorcer un couple pouvait sembler un piètre exploit de rédaction, le divorcer en exposant clairement et sans un mot de trop les griefs de l'un et de l'autre, en les appréciant et en en déduisant une décision nécessitait un sens de l'ordre des phrases, une maîtrise des mots, un art de la déduction qu'une lecture rapide ne révélerait pas. Jean avait eu la chance de rencontrer des formateurs exigeants qui avaient perçu son souci technique et n'avaient pas ménagé sa peine.

Technicien du droit, installé par la société, il n'avait jamais oublié sa première tornade mais il s'était assis dans le mariage comme dans ses fonctions. Sentimentalement et professionnellement il suivait un même cursus : attaché à sa femme, attaché aux fonctions de juge des enfants que son jeune âge lui avait fait choisir en priorité, attaché à ses enfants, attaché aux enfants des autres qu'il côtoyait journellement, il aurait dû être satisfait mais certains jours l'ennui existentiel lui tiraillait l'estomac et il rêvait sans y croire le moins du monde d'une autre vie où l'aventure aurait chassé tout autre souci à moins que le dévouement aux autres plus malheureux n'ait durement donné un sens profond à sa vie. Il vivait certes mais de façon trop ordinaire et il se sentait rivé à cette existence sans bosses par le sens du devoir conjugal ou paternel ou professionnel ; il se distrayait bien souvent de ce devoir en épiant toute évolution insolite chez ses enfants ou chez les délinquants dont il avait la charge et l'on voyait alors son œil pétiller de malice ou de bonheur. Il savait en ce cas susciter une communication inconsciente et joyeuse que les uns et les autres ressentaient profondément. Puis l'habitude rabotait à nouveau son chemin et le spleen pleuvait sur l'ornière.

Il avait vu passer quelques années, bien des collègues, encore plus de mineurs. Il avait le sentiment de s'être enrichi mais de n'avoir pas tellement évolué. Il savait ne pas s'impliquer, il réglait les problèmes au fur et à mesure qu'ils se présentaient, les saisissait et les poussait jusqu'à ce qu'une solution fût trouvée ; il savait sans *a priori* se servir des compétences comme contourner les résistances. Épanoui, il paraissait ; heureux, il semblait ; accompli, il n'était pas.

Le premier degré de l'inattendu

Jean n'avait toujours attaché que peu d'importance au sexe de ses collaborateurs éventuels quand il était placé en situation de choix. Comme De Gaulle, le chef d'État qu'il avait tant admiré, aurait dit un jour : « L'Angleterre, je la veux nue », Jean dans le même esprit de boutade aurait bien dit : « Je n'apprécie une collaboratrice qu'à l'usage ». A capacité égale il aurait choisi une femme dont il ne rechercherait pas une amitié à laquelle il ne croirait pas beaucoup, n'ayant guère besoin de satisfaire autrement que fugitivement par la pensée ses pulsions extra-conjugales et supputant qu'un homme de capacité égale à celle d'une candidate femme préserverait mieux sa tranquillité. Il venait d'ailleurs de vivre cinq ans de coexistence pacifique avec son greffier nouant avec celui-ci des relations confiantes, même amicales mais préservant l'intimité. Il avait avant de collaborer avec ce dernier eu la possibilité de travailler avec une femme, au demeurant avenante, que lui proposait son président mais la réputation de celle-ci, ancienne apôtre de l'union libre et pratiquante grâce à la pilule et à la participation à l'office de certains collègues qui s'en vantaient, lui avait fait opposer un refus catégorique sur lequel il n'était pas revenu ; le président avait bien voulu céder à ses raisons.

Son greffier ayant quitté le service du tribunal pour enfants, les discussions sur l'affectation d'une autre personne avaient duré : le juge doyen initiait, à sa satisfaction apparente d'homme mûr émoustillé, une jeune greffière dénommée Munter. L'usage voulait qu'une autre greffière plus ancienne prît en charge le cabinet du doyen qui finit par céder à ce qu'exigeait l'ancienneté, ce sur quoi ce doyen trouva le confort assuré par l'expérience de celle-là. La permutation commandait que madame Munter fut chargée du cabinet de Jean ; celui-ci n'avait mis aucune insistance particulière à la réclamer. Il la croisait bien quand il allait visiter son collègue, elle le saluait gentiment et il lui répondait de façon aussi neutre. Tout de même il avait remarqué deux petites choses : elle portait un tailleur de velours vert mi-épinard, mi-pistache qui sous fesses avait le vert jaune du blé : ce fond de jupe avait pour Jean la coquetterie de la simplicité ; d'autre part quand il la saluait en lui serrant la main, ce qu'il ne faisait qu'une fois sur trois ou quatre, elle se levait systématiquement de son siège qu'elle repoussait en arrière pour se lever, puis s'étant placée derrière le siège tendait la main vers lui et tout en serrant celle de son interlocuteur rétractait son corps en arrière ; révérence, peur du contact ou envie inconsciente d'attirer ? Jean se contentait de s'amuser de cette gestuelle, il n'avait pas pris intérêt à l'analyser.

Madame Munter était donc arrivée à son cabinet le lundi convenu avec le juge doyen. Ponctuelle elle attendait l'arrivée de Jean dans le bureau de la secrétaire ; elle lui laissait le temps d'ôter son imperméable et frappait à la porte. La porte s'entrouvrait et un sourire réservé accompagné d'un regard interrogatif se dessinait dans l'ouverture. Jean répondit au sourire et accompagna son invitation d'un geste de la main qui désignait le siège placé devant son bureau. Madame Munter s'assit sur le bord de la chaise donnant à sa silhouette la figure d'une ligne brisée en équerre. Strictement vêtue, cambrée dans cette posture, jambes croisées, elle aurait semblé impersonnelle si n'avait émané d'elle un parfum suffisant pour être remarqué mais assez discret pour ne pas s'imposer. Jean, qui n'aimait pas les femmes odorantes dont le côtoiement lui donnait inévitablement la migraine fut surpris de cette odeur. Il ne savait pas encore qu'il allait s'y habituer et l'assimiler au témoin d'une présence, qu'il la percevrait, à l'instar d'une fleur, comme le murmure d'un mouvement intérieur.

— Je vous souhaite la bienvenue dans mon cabinet. J'espère que nous nous entendrons, en tout cas je pense que vous ne vous y ennuierez pas.

L'interlocutrice n'était pas encore collaboratrice et, prudente, ne répondait que par de courtes approbations, se contentant d'enregistrer les recommandations de son nouveau patron quant à la tenue de son cabinet, à la ponctualité de la mise à jour du travail, au souci affirmé en apparente manie de voir les jugements du jour signés le soir même, à la volonté de ne subir aucun retard qui soit une charge. La mise au point terminée, la conversation se mourait et Jean conduisit madame Munter à son bureau en lui laissant la possibilité de le décorer pourvu que ce soit de bon goût. Madame Munter esquissa un sourire en guise de réponse et prit possession de son nouveau domaine. Son regard en parcourut l'espace, s'assombrit devant un tableau qui ne lui plaisait manifestement pas puis se fixa devant le classeur métallique mural qui renfermait tous les dossiers pour s'y immobiliser. Il était difficile de dire si elle était ici ou ailleurs, si elle étudiait les dossiers avant de les ouvrir ou si elle demeurait perplexe devant la masse de travail.

Les jours suivants, le dialogue ne fut guère fourni. Madame Munter venait bien s'enquérir de temps en temps des habitudes mais Jean ne l'apercevait que dans le bureau de sa secrétaire qui communiquait avec le sien et dont il ne fermait jamais la porte. Pour le reste sa présence à ses côtés n'intervenait que pour les petites audiences ; encore continuait-il à écrire lui-même les procès-verbaux d'audition à la main. Il avait toutefois remarqué l'attachement suspect que mettait madame Munter dès son arrivée à 9h10 à traverser l'enfilade des bureaux et à venir lui serrer la main en le saluant sans complexe d'un :

— Bonjour monsieur !

Elle prenait visiblement les devants ; il ne pouvait pas savoir qu'elle avait décidé d'agir ainsi en réaction à la confidence de couloir que son juge travaillait peu en quantité mais sans répit ni détente pendant ce peu de temps, qu'il s'approchait peu de son personnel et, bref, qu'il était un peu mais à coup sûr misogyne. La petite rusée avait supputé sans doute la mise au pas de cet indifférent et affirmait visiblement son exigence de la différence.

L'œil du juge ne restait pas toutefois de glace. Sa mémoire avait déjà imprimé la démarche de cette jolie blonde à la chevelure ondulante et chatoyante, au port assuré. Elle avait une allure dont elle savait moduler l'amplitude : tantôt fusée, tantôt félin absorbé dans une lenteur calculée, tantôt joyeux animal tressautant de satisfaction ; son corps ondulait en un balancement coulant comme une rivière, fait de sinusoïdes évoluant et s'entrecroisant par rapport à l'axe vertical du milieu du corps et il aurait été difficile de dire comment était assuré l'équilibre de l'ensemble que menaçait ironiquement tour à tour la hanche, le sein ou l'œil. Jean s'amusait du spectacle de sa féminité en évitant toutefois de laisser voir par un regard trop posé l'intérêt qu'il y portait.

 Il s'amusait également des premières manifestations de son caractère. Madame Munter avait une aptitude manifeste au commandement et bien que son ignorance des choses du cabinet lui imposât la prudence dans ses affirmations, elle ne pouvait tenir sa nature, et le ton des répliques les plus banales trahissait sa personnalité vigoureuse. La secrétaire la mettait-elle au courant des procédés de classement qu'elle poussait un « oh ! Chantal » d'indignation quand une habitude illogique lui apparaissait ou qu'il manquait une page du registre d'entrée. Elle imprima rapidement sa marque et décréta qu'il fallait vérifier si le fichier correspondait bien aux registres avant de proposer à Chantal de faire ce travail de concert. De même venant du service statistique à l'atmosphère feutrée, elle n'était pas habituée à recevoir le tout courant de la population déshéritée et avait tendance à refouler les haleines envinées, à leur répondre catégoriquement qu'il était inutile de se présenter si souvent, que l'affaire suivait son cours et qu'une convocation serait bientôt adressée ; les esprits les plus échauffés des justiciables résistaient rarement et ceux-ci pliaient en retraite dans les couloirs en bougonnant. A l'inverse quand un intrus insistait trop et que son verbe ne suffisait pas à le chasser, elle prenait repli en s'asseyant derrière son bureau sur sa chaise puis faisant tourner celle-ci prenait à témoin la secrétaire et Chantal venait à son secours en confirmant ses dires ou appelait à l'aide Jean qui se voyait imposer un entretien qu'il acceptait avec bonne humeur peut-être parce qu'il mettait en évidence la supériorité qu'on ne cherchait nullement à lui contester mais que la vivacité de sa partenaire professionnelle atténuait un peu.

Les habitudes se prenaient vite. Jean, Eva et Chantal formèrent bien tôt une équipe aussi soudée que naturelle et le travail se faisait en relais continu sans qu'une organisation préalable ait dû être pensée ou imposée. La journée était rythmée par la succession balancée de divers types de travail : cinq minutes le matin suffisaient pour se saluer, évoquer le temps et les événements puis l'on commençait aussitôt les petites audiences ou la réception des personnes convoquées. Bientôt le cabinet se rendit célèbre par sa ponctualité tant tous les acteurs avaient horreur de faire attendre les justiciables qui convoqués à une heure donnée devaient être reçus à l'heure dite ; le téléphone dit arabe avait fonctionné dans l'autre sens car les clients étaient tout aussi ponctuels et il était bien rare qu'ils se fissent attendre. Après ces auditions Jean étudiait le courrier que Chantal avait préparé et dont le traitement occuperait celle-ci le reste de la journée tandis que l'après-midi serait consacré à la méditation des affaires, aux contacts nécessaires avec les éducateurs, les assistantes ou les établissements ou encore à la préparation matérielle et technique des prochaines audiences. La fin de soirée était en général consacrée par Jean à la rédaction des jugements dans le silence et la concentration qu'il préservait en s'enfermant dans son bureau.

Petit à petit cette belle organisation, tout en demeurant typée de la même façon, était infiltrée par un mode de vie différent : l'apostrophe du matin ne se prolongeait pas mais changeait de ton, était plus gaie, faisait place à l'humour, à une remarque sur la tenue de madame Munter, à une appréciation sur la largeur de son sourire ou l'intensité de son regard. Les instants qui étaient consacrés à cette mise en train matinale restaient brefs mais étaient plus intenses. Jean et Eva devaient s'avouer plus tard qu'ils se préparaient inconsciemment à ces secondes de retrouvailles. Chacun venait à pied au travail et l'esprit en marchant anticipait ; il arrivait à l'un et à l'autre d'esquisser des sourires en marchant quand une idée originale leur traversait la conscience. Eva perdait l'habitude d'aller saluer ses collègues au secrétariat central en arrivant, elle n'était libre et ne le faisait plus qu'après l'arrivée de Jean et le premier échange de propos de la journée.

L'atmosphère de l'audience de cabinet avait aussi changé. Jusque là Jean avait voulu une pratique qui alliait la rapidité au caractère direct et franc des relations de tous les participants, juge, greffier, avocat, justiciable ; il mettait au besoin la main à la pâte en faisant l'huissier à la porte de son cabinet et en appelant les gens dans le couloir. A l'intérieur les faits étaient évoqués clairement et succinctement même si leur énoncé se faisait parfois en patois et avec des interrogations de style humoristique destinées à une prise de conscience plus aisée. La machine tournait et tournait bien. Eva Munter ne devait rien déplacer de cette mécanique ; elle se contenterait d'y apporter de l'huile, d'y installer une plus grande détente, d'y introduire les confidences ; elle n'avait rien demandé, elle n'avait rien provoqué, elle avait pris l'habitude, une fois les gens partis, de rester assise à son bureau dans le cabinet de Jean ; elle finissait de remplir son registre mais elle ne se levait plus aussitôt après, elle posait son stylo puis coudes sur la table appuyait la tête dans ses mains, son regard fixait un instant le placard qui était devant elle, s'embrumait, semblait fixer un bateau qui allait quitter la ligne d'horizon puis dans un grand silence dérivait insensiblement vers la droite pour fixer Jean en reprenant toute sa précision. Jean avait d'abord respecté ce besoin de silence et de méditation après les entretiens ou les audiences puis, intrigué, avait observé et souvent son regard avait croisé celui d'Eva qui revenant de si loin se posait sur lui, et sensibilisé par l'interrogation de ces beaux yeux s'était laissé aller tantôt à confier une impression sur une mineure tantôt à demander une impression sur une famille ou une situation, puis à analyser dans la conversation ses propres réactions à ce qu'il venait de vivre. L'analyse appelait la contradiction : Eva Munter avait la finesse de ne pas imposer ses points de vue, elle faisait en sorte qu'ils soient sollicités.

La douceur de ce contact intellectuel s'était répandue de la même façon lors des entretiens sur convocation. Jusque là Jean avait toujours tenu la plume lui-même et transcrit les déclarations des mineurs ou de leurs parents sur les procès-verbaux d'audition. Il avait eu recours au début aux services de son greffier mais avait vite renoncé, tant la sécheresse de la transcription lui paraissait trahir la richesse de la réalité. Un essai de dictée n'avait pas eu de suite parce que cette technique cassait la conversation et empêchait tout naturel dans les relations ; de plus la présence d'un greffier indifférent qui se contente de transcrire un langage télégraphique désincarné était une gêne considérable dans l'établissement d'une atmosphère de confiance. Aussi avait-il renoncé à toute assistance au détriment de l'accessibilité au dossier pour les tiers parce qu'il écrivait très mal mais au grand bénéfice de la spontanéité et de la vie ; il s'attachait à noter la conversation telle qu'elle s'était déroulée avec les expressions parfois très colorées des personnes entendues parce que sa mémoire avait besoin de cette coloration affective pour lui rappeler l'atmosphère d'une affaire. Eva avait respecté pendant plusieurs mois cette technique solitaire qu'aucun autre juge ne pratiquait puis elle avait profité de la nécessité de sa présence dans des affaires plus complexes, qui nécessitaient de la part de Jean une telle attention aux données du dossier et aux réactions de plusieurs individus qu'il ne pouvait plus couper par l'écriture l'étude ou la dynamique d'interrogatoire, pour apporter la double démonstration que sa présence pouvait n'être pas gênante, la présence d'une femme dans un tel cadre n'allumant chez les mineurs aucune étincelle de désir, et qu'elle pouvait même être utile puisqu'elle arrivait à transcrire dans une écriture beaucoup plus lisible, parce que ronde et évasée, la réalité de la vie ; elle avait eu l'intelligence pendant ces mois où elle avait été tenue à l'écart de lire avec attention le exercices scripturaires de son patron et avait peu à peu deviné ce qu'il attendait de la retranscription. Elle avait bien senti qu'il ne s'attardait aux dires qu'à condition que l'on sente ce qu'ils représentaient, que la manière de les relater trahisse la manière dont ils étaient ressentis, que le traducteur n'hésite pas, pourvu qu'il le fît de manière légitime, à devenir interprète voire au besoin à consigner une attitude, un rire, un sursaut, un tic significatifs. Les confrontations n'étaient pas si fréquentes mais Jean n'était pas non plus aveugle et la lecture des PV l'avait agréablement surpris ; aussi avait-il accepté sans réticence les propositions d'Eva Munter de l'assister plus souvent. Il l'avait tolérée puis acceptée, avait fini par la réclamer, avait pris l'automatisme de l'appeler tout en faisant asseoir son client. Au fur et à mesure de leur complicité grandissante l'intimité se rajoutait à la technique et l'entretien terminé ils aimaient confronter leurs réactions en une courte discussion que venait souvent interrompre Chantal qui apportait le courrier ou signalait un appel téléphonique urgent. Jean finissait sa matinée par l'étude de son volumineux courrier, la rédaction des réponses, les demandes d'enquêtes, les demandes de convocations. A midi moins cinq, madame Munter traversait le bureau de Chantal et pénétrait dans celui de Jean pour planter la pointe de son parapluie devant ses pieds et lui souhaiter bon appétit.

Quand Jean regagnait son cabinet vers quinze heures il allait sans détours à ses dossiers et consacrait deux bonnes heures à la préparation de ses jugements du lendemain. Pendant ce temps la greffière tapait les jugements rendus dans la matinée tandis que la secrétaire expédiait le courrier. C'était l'heure où la ruche fonctionnait avec le plus de concentration et où chacun était fixé sur son propre travail ; les seuls contacts se produisaient quand il fallait prévoir un mois à l'avance environ les audiences futures. Jean et Eva vidaient un à un les casiers contenant les dossiers en cours pour ne retenir que ceux qui étaient en état de recevoir une solution *a priori* durable. Cette organisation faite chacun retournait à ses occupations. Après deux heures de travail intensif on avait besoin d'une petite détente : Eva et Chantal l'avaient d'abord trouvée en allant nouer conversation avec leurs collègues des bureaux voisins, puis Chantal avait persévéré en participant à des cafés nouvellement improvisés dans ces bureaux. Eva Munter n'avait jamais abusé de ces relations extérieures. Jean, lui, s'absentait volontiers un quart d'heure pour aller flâner dans la grande librairie ou chez le disquaire voisins du palais. Quand il ne sortait pas il s'installait quelques instants sur une chaise du bureau de Chantal, Eva pivotait sur son fauteuil et ils échangeaient quelques paroles : leurs origines, qui du Nord, qui d'Alsace, étaient souvent évoquées avec autant de chauvinisme par l'un que par l'autre, leurs loisirs également, leurs lectures puis peu à peu leurs goûts musicaux. Chantal revenait souvent se mêler à la conversation jusqu'à ce qu'un client ou un coup de téléphone ne la brise tyranniquement. Quelques minutes avant six heures le groupe se séparait, Chantal après avoir surveillé l'arrivée de son mari par la fenêtre, Eva après avoir repris son parapluie, Jean après avoir souhaité le bonsoir à tous retournait à son siège pour finir son travail avant de repartir en sifflotant. Si une présentation de délinquants ou de fugueurs était annoncée, Jean demandait qu'on lui prépare les documents dont il pourrait avoir besoin et laissait partir ses acolytes. Le bureau quitté, chacun retrouvait sa vie personnelle particulière ; la douceur de la vie commune était vécue, n'était pas encore ressentie.

Le second degré

Au fur et à mesure du passage des mois l'atmosphère se transformait. Chacun avait pris l'habitude de l'autre, les caractères s'étaient bien adaptés et semblaient même adaptés à la foule diverse et bigarrée qui fréquentait le cabinet. Il n'y avait plus eu de tension traumatisante entre juge, collaborateurs et justiciables ; même dans les affaires les plus dramatiques, par exemple lors des retraits forcés d'enfants il semblait que chaque membre du cabinet ou tous à l'unisson avaient trouvé le ton juste à la fois pour montrer une sensibilité intéressée aux personnes en souffrance qui venaient exposer leurs problèmes ou protester contre le mal viscéral qui leur était fait et pour affirmer la nécessaire autorité qui devait s'attacher à la protection des enfants et à la sécurité familiale envisagée à long terme ; le cabinet dans ses trois composantes formait un ensemble homogène et soudé ; les moments gais étaient communs ; les doutes étaient partagés, vite sentis et exprimés. Il fallut les appréciations extérieures pour faire prendre conscience que l'homogénéité croissante s'alliait à une gaieté de plus en plus ouverte. La ruche jusque là bourdonnait laborieusement, de plus en plus les bouffées de rire s'en échappaient comme un nuage d'abeilles et parvenaient aux oreilles de ceux qui n'en étaient pas ; même l'éducateur affecté à Jean que les élucubrations de jeunes collègues avaient rendu perplexe et enclin au repliement ressortait de son bureau un franc sourire au visage. Jean se laissait aller à utiliser son sens de l'humour avec ses collègues ou leurs employées ; il ne réalisait pas encore que sa détente dépassait la satisfaction professionnelle et que l'intérêt du travail en commun pouvait être plus personnel. C'est un détail qui suscita la prise de conscience et encore ne le frappa-t-il brutalement que parce qu'il se manifesta involontairement : un jour qu'il avait rejoint madame Munter dans son bureau pour procéder au tri des dossiers qui composeraient les futures audiences, il s'était attardé sur le dossier d'une adolescente algérienne, écolière en conflit avec ses parents qu'il avait placée dans un foyer pour éviter un mariage marchandé mais qui ne s'était pas pour autant montrée facile en foyer où sa forte personnalité n'avait que trop tendance à travailler subrepticement les personnes de ses consœurs pour les dresser, comme malgré elles, contre l'autorité. Jean avait exprimé son étonnement de voir une personnalité aussi riche se cantonner dans une opposition systématique et, terminant sa péroraison, avait, tout en fixant sans idée préconçue madame Munter, exprimé l'idée volatile qu'une fille aussi intelligente et aussi belle aurait dû trouver le moyen d'intéresser autrement : l'audition de cet aphorisme d'une grande banalité associé au regard avait provoqué chez madame Munter un rougeoiement intégral du visage. Trente secondes elle avait eu un regard empli d'un vague qui mesurait la perplexité de la pensée et elle avait vivement tourné la tête en enfouissant ses mains et son trouble dans une pile de dossiers qui n'y comprendraient jamais rien. Jean n'avait pas plus compris que les dossiers mais il avait sauté. Par sa réaction involontaire évidente madame Munter avait trahi une émotion, avait montré que le regard de Jean ne lui était pas neutre : une petite réaction transforme parfois le regard que l'on a des êtres. Quand plus tard Jean repensait à ces instants où leurs existences avaient commencé à s'entremêler, le symbole du prénom dominait son souvenir : les choses avaient changé d'aspect, les êtres de signification, madame Munter était devenue pour lui Eva Munter. Jamais pourtant il ne l'appellerait ainsi en public ; certains collègues appelaient leurs employées par leur prénom ; Jean ne l'avait jamais voulu, l'appellation d'Eva ne concernait que lui ou eux plus tard seul à seul.

Un instant gêné puis de plus en plus joyeux parce que profondément flatté de ce retentissement personnel, Jean n'avait eu aucune réaction moralisatrice ; pas un instant le danger d'une liaison ne lui était apparu, pas un instant l'idée qu'il pourrait s'agir d'un plaisir artificiel plaqué sur son existence, consommé avec la jouissance du gourmand qui dévore une pâtisserie et n'en garde qu'un souvenir fugitif. Il s'était laissé aller sans arrière-pensée, sans complexe non plus à ses sensations sans besoin de recourir à son imagination. Il profitait de l'instant qui passe, d'un sourire, d'une attitude, d'une position de ce corps et le plaisir de l'œil suffisait à la satisfaction de son âme. Eva revenait-elle d'une audience d'installation en robe, il admirait la fermeté de cette femme gracieuse, la manière dont elle frappait avec assurance le sol de ses talons, la rectitude de ce dos auquel les grandes manches donnaient de l'ampleur. Un autre jour après une vive traversée de la pièce Eva avait posé sa pile de dossiers sur le petit bureau de greffier et légèrement inclinée en avant étudiait ceux-ci : le kilt qu'elle portait accentuait la plénitude de sa rondeur postérieure qui bien que modeste attirait la curiosité. Lors d'une audience de cabinet Eva s'était assise à sa place alors qu'elle portait un magnifique chemisier décoré de somptueux lys tigrés qui semblaient importés à l'instant de l'empire du soleil levant : madame Butterfly n'avait cependant pas réalisé qu'un rayon de soleil goguenard suffisait à rendre légèrement transparent le voile diaphane qui cachait des trésors ; avec la complicité de Phoebus le juge Endymion s'était un peu trop attardé. La réalité du coup d'œil avait plus frappé Eva Munter que sa naïveté et elle avait profité de la première interruption d'audience pour aller chercher un pull qui dissimulerait l'objet des convoitises. En la voyant revenir ainsi protégée Jean n'avait eu ni remords de s'être attardé ni regret de ne plus pouvoir le faire, il n'avait que souri intérieurement, satisfait de ce soleil farceur. Il avait fait compliment à sa greffière de la beauté de son ornement et il faut supposer qu'elle y fut sensible puisqu'elle devait réserver plus tard cette tenue aux rencontres significatives qu'ils auraient mais elle n'arborerait son jardin japonais que sur un dessous qui lui étreignait tout le buste et ne laissait pas plus deviner la gorge qu'il n'en montrait le soutien.

 Les rencontres n'avaient été longtemps qu'intellectuelles ou du moins leur aspect sensoriel avait revêtu une apparence intellectuelle parce que la jouissance se faisait à distance, que ce fût par l'intermédiaire de regards ou d'odeurs devenus intimistes. Finalement leur communication se faisait tout naturellement et ils étaient conduits chaque jour plus loin sans pulsions bien affirmées et sans pensées préméditées. Ils évoluaient comme la lumière du soleil levant qui croît d'elle-même en intensité et en pénétration mais qui réchauffe de plus en plus ceux auxquels elle s'applique.

Jusqu'alors ils ne s'étaient vus qu'au bureau où les mille facettes de leur activité sociale avaient alimenté la découverte réciproque. L'automne venant Jean avait l'obligation de s'évader de son antre pour visiter les établissements de placement des jeunes dont il s'occupait ; depuis plusieurs années il avait pris l'habitude pour les motiver plus d'emmener avec lui sa secrétaire ou son greffier afin qu'ils connaissent la réalité des lieux qu'ils mentionnaient sur les jugements. Ces inspections avaient fourni l'occasion de duos extérieurs qui ne s'étaient différenciés pour Jean des visites antérieures que par leur retentissement ; rien dans l'attitude des futurs amants n'aurait pu faire penser à une évasion commune, pas un geste n'avait été esquissé qui fût équivoque, simplement la vision des choses avait changé : Jean traversait ces lieux devenus familiers avec un autre esprit, il avait posé des questions plus approfondies sur la manière dont l'affection des enfants était préservée ou favorisée et surtout, comme les établissements étaient implantés dans un cadre bucolique parce que leurs fondateurs avaient cru à l'influence bénéfique de la nature, les arbres, les feuilles, la verdure lui avaient imposé leur existence, la nature renvoyait un bonheur sensoriel, à croire que la végétation avait changé depuis l'année dernière.

La confusion ou leur inconscience était telle qu'ils en étaient venus aux confidences : madame Munter avait raconté à Jean sa rencontre avec ses amours, sa rencontre avec son mari, sa détermination d'en obtenir le mariage, sa volonté de l'avoir près d'elle, tout en se méfiant de l'amour trop clamé ! Jean lui avait confié son bonheur en couple avec ses enfants dont il savourait la prime jeunesse et suivait au jour le jour l'évolution. L'un comme l'autre oubliait ou ignorait que le destin pouvait le frapper et se montrer bourreau.

Ils étaient rentrés au palais, s'étaient assurés qu'aucun événement ne s'était produit, s'étaient serré la main et avaient croisé le regard. Jean se sentait percé par la chaleur de ce regard. Eva était partie au rythme de son pas sans s'interroger sur la légèreté de son allure. Il ne remarquait pas la nervosité inhabituelle de sa conduite automobile.

La sensibilisation

Les dossiers ne fourmillent pas souvent d'histoires alléchantes. Ils contiennent plus souvent la misère humaine, la faiblesse quand ce n'est pas la bassesse ou la déchéance. Depuis sept ans qu'il s'occupait professionnellement d'enfants, Jean s'était bien sûr aguerri mais il ne pouvait pas rester insensible au malheur de ces pauvres gosses et c'était une grande inquiétude morale que de songer à l'injustice du destin qui l'avait fait naître ici, dans une ambiance chaleureuse où il avait pu se réaliser même s'il avait dû s'acharner au travail pour acquérir sa situation, et qui avait fait naître ces enfants là où il semblait qu'ils ne pourraient jamais démarrer, qu'ils étaient coincés sous un couvercle de grisaille et souvent de désespoir. Même leurs réactions sporadiques étaient anarchiques et les conduisaient derrière des barreaux d'acier qui remplaçaient les barreaux moraux où leur jeunesse s'était lugubrement cogné la tête. Pourtant parfois une note optimiste surgissait ; l'amour pointait sa grimace ironique de temps en temps, deux pigeons s'aimaient d'amour tendre, un vieux routier de la délinquance changeait radicalement de conduite sous la direction d'une fille toute menue qui avait su le prendre, une fille dévergondée jusque là devenait un modèle de soumission parce qu'elle avait trouvé son maître, des parents déjà chargés d'une nombreuse famille prenaient sans la moindre hésitation en charge les enfants du voisin accidenté du travail dont la femme se jetait après l'alcool dans les bras de la folie. Pour qui savait regarder la matière humaine, même apportée à travers des rapports de service social ou de police, glissait entre les lignes sa richesse infinie. Jean y était sensible, madame Munter savait la découvrir. Leur activité quotidienne les rapprochait de plus en plus et s'ils arrivaient gais au bureau le matin, ils n'auraient su dire si c'était par goût de reprendre le travail ou par plaisir de retrouver ensemble les mêmes soucis ; Eva avait une tendance quasi-maternelle à couver ce nid professionnel et elle se dressait de plus en plus pour faire obstacle aux visiteurs imprévus qui se voyaient rapidement opposer l'indisponibilité du juge à leur demande d'entrevue et si d'aventure l'entretien avait été accordé en dehors d'elle ou avait été jugé par elle utile et nécessaire, elle le laissait se dérouler sans obstacle mais tenait à le mettre en œuvre en annonçant seule le visiteur et, une fois l'intrus parti en se présentant sous quelque prétexte pour provoquer la confidence de ce qui s'était passé. Les conversations ne manquaient donc pas et il arrivait souvent que des cas concrets l'on passât aux idées générales ou à l'expression de sentiments avec une sincérité de plus en plus appréciée. Ils se laissèrent aller à discuter de la mixité dans les établissements scolaires. La manière abrupte dont les délinquants balançaient les filles dans les caves HLM ou dans les terrains vagues faisait soutenir à Jean que la mixité enlevait toute crainte de l'autre sexe, favorisait l'égalité en supprimant toute révérence dans les rapports, dépoétisait les relations ; si autrefois les garçons étaient plus nigauds vis-à-vis des filles, au moins celles-ci y gagnaient-elles en douceur et ceux-ci bénéficiaient-ils de la nécessité qu'elles avaient de les charmer ; à force de se côtoyer sur les bancs d'école, les uns et les autres finissaient par échanger leurs corps comme ils avaient échangé leurs cahiers ou leurs compas. Reste d'éducation religieuse, rétorquait Eva qui avait connu la mixité et n'y avait perdu ni virginité ni dignité et soutenait que tout dépendait de la personnalité des uns et des autres qui ne pouvaient s'échanger comme des objets que s'ils étaient eux-mêmes déjà dévalorisés ; quant à elle si elle avait bien reçu quelques propositions elle n'avait jamais subi d'agressions déplacées pas plus qu'elle n'avait croisé de poète parce qu'il n'y en avait pas dans sa classe.

— Peut-être, avait répondu Jean, n'en aviez-vous jamais inspiré car il me semble qu'il n'aurait pas fallu grande incitation.

— J'apprécie trop votre compagnie pour vous demander si vous avouez ou si vous ironisez, avait répondu Eva en se levant par sécurité pour regagner son bureau. Mais elle s'était retournée et son sourire discret n'avait rien de triste ni de fâché.

Pénétré, Jean sentait bien qu'il l'était mais il était étonné de ne pas avoir plus de pulsion que cela. Il avait parfois eu des réactions fugitives et instinctives dans ses relations et le cerveau du mâle qui se réveillait en lui avait fait penser qu'il mettrait bien telle ou telle dans son lit. Quand il s'arrêtait d'écrire ou de réfléchir à un dossier ou qu'il apercevait la courbe du dos d'Eva qui tapait à la machine dans son bureau il se demandait pourquoi cette pensée ne le traversait pas, pourquoi il n'avait pas envie d'aller faire sauter cette boucle provocatrice qui pointait dans son dos à travers le chemisier.

Quelques jours plus tard un incident allait provoquer la sensibilisation. Jean s'était vu soumettre le cas de deux jeunes enfants placés chez une nourrice remarquable par la mère parce qu'officiellement celle-ci travaillait et que l'attitude du dernier concubin les mettait en grande instabilité. Jusque là la nourrice avait accepté les visites de la mère dont la seule régularité était de survenir hors des heures fixées mais elle acceptait parce qu'il lui semblait que la mère aimait toujours ses enfants et que ceux-ci ne l'avaient pas oubliée. De plus cette mère à l'évidence peu équilibrée savait montrer qu'elle n'était pas indifférente au fait que ses enfants étaient bien soignés par une autre qu'elle. Depuis cinq ans la nourrice avait connu à la mère plusieurs concubins mais malheureusement le dernier tranchait avec les autres : arabe aux cheveux frisés, il cachait des yeux de fouine derrière de grosses lunettes portées par un gros nez en papier gaufré au dessus de lèvres coupées au couteau qui avaient la forme de cimeterres et ne semblaient associées que pour proférer des paroles venimeuses qui devaient avoir l'effet de vous expédier au cimetière. Il était dès l'abord aussi fanfaron qu'antipathique. Il n'avait encore jamais vu les enfants qu'il s'était affirmé comme leur père, avait exigé dès sa première visite non autorisée qu'elles l'appelassent « papa » et les avait forcées à l'embrasser en agrippant l'aînée qui s'y refusait par les cheveux et face aux protestations de la nourrice l'avait prévenue qu'il était le père et qu'il les reprendrait quand il le voudrait. Jean avait été informé du cas par une assistante sociale terrorisée malgré qu'elle fût robuste parce qu'elle s'était entendu dire que s'il la croisait dans la rue elle aurait son couteau dans le ventre. Sans s'affoler Jean avait convoqué les tourtereaux que madame Munter avait fait asseoir en face de lui. L'entretien n'avait pas eu besoin d'animation. Amar avait commencé par interdire à « sa femme » de parler puis avait sommé le juge de lui expliquer pourquoi il se permettait de les convoquer. Sans hausser le ton, Jean avait exprimé son inquiétude face aux agissements du couple et aux menaces de son chef autodésigné et prévenu qu'il interdirait tout mouvement des enfants en attendant qu'il ait réuni des renseignements suffisants sur la situation que la mère pourrait leur offrir, même momentanément pour des visites. Amar s'était alors dressé et avait hurlé qu'il était le père, que ce n'était pas la peine de se renseigner sur lui, que roi des pickpockets en Europe il ne se laisserait pas intimider et ne ferait qu'une bouchée de pain de ce petit juge « coranique » s'il s'avisait de s'opposer à lui. Jean avait rétorqué que les enfants n'étaient pas les siens, l'avait sommé de sortir pour qu'il s'explique avec la mère seule. Amar n'en gesticulait que plus violemment quand, ayant aperçu Jean qui saisissait son téléphone et soupçonnant qu'il appelait du renfort, il empoigna sa compagne plongée dans le ravissement de la bête dominée de façon absolue et l'emmena en claquant la porte avec une violence à abattre toute la cloison.

La tension de ces moments de haine farouche imprégnait l'atmosphère que Jean essaya de détendre en soupirant tout en reprenant sa respiration.

— Au moins en voilà un mâle !

— Au plus en voilà un femelle, rétorqua madame Munter ; ce n'est plus une femme c'est un objet !

Le dossier s'était ensuite étoffé : la recherche des antécédents avait permis d'établir que la réputation du roi des pickpockets n'était pas tout à fait usurpée puisqu'Amar n'avait fait qu'entrer et sortir de prison depuis dix ans : même si les peines n'étaient pas très longues elles étaient d'une régularité absolue, aussi parfaite que la brièveté du temps passé en liberté à chaque sortie. Surtout les enquêtes ne manquaient pas d'être inquiétantes : la mère avait quitté son travail ; elle avait réglé d'un coup un gros arriéré de loyer ; le couple avait acheté une voiture et Amar qui n'avait jamais travaillé semblait faire de fréquents séjours à l'étranger qui faisaient planer des doutes quant à un trafic de drogue ou quant à une appartenance à un réseau supra-frontalier de proxénètes. Ces informations à peine transmises, le couple s'était présenté un dimanche soir chez la nourrice et avait emmené les enfants. Avisé dès son arrivée le lundi matin, Jean n'avait pas hésité une seconde et avait dicté à madame Munter une ordonnance de placement ; il avait donné l'ordre à la police de venir la chercher et de l'exécuter le lendemain à la première heure *manu militari* en remettant aux « parents » une convocation pour trois jours plus tard. Les policiers avec leur grande expérience avaient glissé un pied dans l'entrebâillement de la porte que l'occupant voulait claquer et malgré les hurlements et les injures les qualifiant de racistes et de nazis avaient pris les deux jeunes qui dormaient par terre sans matelas à côté d'une mère qui n'avait même pas eu le réflexe de s'habiller en entendant sonner à la porte. Amar et son « objet » n'avaient pas attendu les trois jours impartis prudemment et dès neuf heures se trouvaient devant le bureau de Jean. Madame Munter avait fait prévenir son juge par l'hôtesse du rez-de-chaussée que les furieux étaient là et Jean avait pénétré dans son bureau sans passer devant les gens en attente. Méfiant il avait dépouillé l'endroit des cendriers, agrafeuses et autres objets qu'un hystérique pouvait transformer en un éclair en armes redoutables, avait fait asseoir madame Munter et avait introduit lui-même le dresseur et son esclave. Immédiatement Amar dont les commissures des lèvres laissaient échapper un filet de bave haineuse avait exigé en vociférant que le juge signe immédiatement un papier lui rendant ses enfants. Jean avait rétorqué qu'il n'obtiendrait pas ça de sitôt et provoqué la crise de fureur. Comme Amar s'approchait en levant la main, Jean saisit sa règle et se dressa prêt à répliquer ; hors de lui, Amar pivota et, agrippant sa compagne par le cou, menaça de l'étrangler s'il n'obtenait pas satisfaction ! Jean saisit l'excité par les épaules et de toutes ses forces le propulsa dans le couloir où apercevant les agents de police appelés par la secrétaire il prit la fuite à toute allure.

Quand il se retourna madame Munter était blême ; diaphane, elle ne pouvait cacher son trouble, submergée par ces violences des profondeurs. Ému, il s'approcha lentement, posa sa main sur son front et fut rassuré par cette chaleur. Ils restèrent silencieux. Presque religieusement il saisit sa tête entre ses mains et enfonça ses doigts dans ses belles boucles blondes, la secoua un peu ; elle semblait dormir... Il souffla sur le visage pour lui redonner vie ; la mèche supérieure frémit :

— Eva, belle Eva, te voilà à ton tour devenue objet, bel objet. Puisque tu ne m'entends pas je peux te dire combien cet objet m'est devenu cher. Tu es aussi attirante inerte qu'agitée par la vie. Pauvre con d'Amar ! S'il savait quel plaisir il me donne en me permettant de te souffler cette douce confidence !

A ces mots Eva ouvrit lentement ses yeux d'azur, sourit, tourna la tête pour enfouir sa joue dans la main droite de son adorateur. Long contact silencieux mais intense communication.

— Eva, belle Eva, continua-t-il, nous ne sommes plus des enfants ; nous avons eu nos expériences, nous n'avons pas besoin d'entendre tout le chant de l'amour pour savoir qu'il est là, nous pouvons l'entonner à mi-poème. Belle Eva quand seras-tu à moi ?

— Un jour peut-être, quand ce sera l'heure, murmura-t-elle..

Rougissant jusqu'au fond de lui-même, Jean souleva alors sa greffière dont le sourire lui enlevait toute idée de la pesanteur qu'il venait de vaincre. Sa chaleur le pénétrait comme son parfum lui était plus proche ; cette taille élastique fléchissait comme un roseau sous la poussée de son bras ; sous l'effet du mouvement la poitrine se soulevait légèrement tandis que la main effleurait ce petit sein. Il déposa Eva dans son fauteuil et la contempla. Ses yeux restaient fixés sur lui et son regard se creusait pour mieux l'envelopper ; elle rajusta sa tenue et dans un souffle énonça :

— Je ne connaissais pas les risques de ce métier !

Amar et sa violence étaient effacés. Jean proposa à Eva de la ramener chez elle mais elle préféra rester et terminer ses annotations. Ils travaillèrent en silence. Jean exigea ensuite de la raccompagner à son domicile à proximité duquel il trouva un stationnement. Eva tenait ses jambes serrées, genoux légèrement inclinés vers le conducteur. La jupe complice laissait discrètement voir la ligne de fuite des jambes. Jean y posa la main sans qu'Eva ne sursaute.

— Eva , tout à l'heure, tu as dit : un jour, peut-être ; je vivrai dans cette attente ; quand ce sera ton heure, ce sera mon bonheur le plus doux.

Il lui serra la jambe qu'elle soulevait pour descendre.

— Un jour... sûrement...

Elle embrassa son index et son majeur réunis et les porta sur les lèvres de Jean, esquissa un sourire et sortit de la voiture. Trois pas plus loin, elle se retournait et faisait un signe de la main avant d'entrer dans son immeuble.

Communion

La vie avait suivi son cours lentement mais harmonieusement. Jean et Eva avaient continué leur labeur commun, à peine pouvait-on remarquer que les regards adressés par l'un à l'autre étaient plus chargés. La seule trahison extérieure de leur communion grandissante était marquée par leurs sorties communes plus fréquentes du lieu de travail. Pour le reste aucun collègue de travail ne pouvait voir que Jean avait pris l'habitude de rencontrer Eva et de passer de longs moments avec elle tantôt dans une brasserie, tantôt dans une galerie d'art ou en promenade chez les antiquaires. Ils avaient peut-être eu la chance de ne jamais rencontrer leurs connaissances, ils avaient ressenti le besoin de se confronter longuement même s'ils restaient souvent silencieux.

Le destin les avait grandement aidés quand Jean avait été invité par une association professionnelle à représenter les magistrats de la jeunesse à un congrès sur l'enfance malheureuse en Belgique. La complicité fatale avait été si parfaite que le congrès avait eu lieu pendant un long déplacement professionnel du mari d'Eva, ce qui leur permit d'envisager sans difficultés conjugales de partir ensemble pendant trois jours.

Arrivés à Bruxelles le lundi de bonne heure, Jean avait pu faire admettre Eva dans la nombreuse assistance et elle avait passé la journée du lundi à écouter dans la salle les mêmes orateurs qu'il subissait à la tribune. Les repas de midi avaient été pris au self-service du palais des congrès et ils avaient pu se retrouver avant de regagner la salle des conférences.

La fin de journée avait été difficile : prendre la parole le dernier n'était pas agréable tant la fatigue des auditeurs et le désir de passer à autre chose de plus personnel l'emportait sur l'intérêt que pouvait leur apporter l'orateur. Jean avait pourtant affiné son discours, se ménageant quelques pointes d'ironie et quelques pétillements d'humour. L'assistance n'avait que peu réagi et il avait été soulagé de terminer. Les propos aussi traditionnels que lénifiants du directeur des débats étaient le prolongement obligé de cette fin de journée. La salle se vida comme une baignoire et seul l'air frais revivifiait ces visages blanchis et ces cerveaux assoupis.

Émergeant de sa fatigue et de sa déception Jean eut le plaisir de retrouver en descendant les marches de la salle de conférences le sourire d'Eva. Il poussa un profond soupir et lui confia :

— J'aime mieux tenir une audience et parler à mes délinquants. Même s'ils sont plus hargneux au moins ils ne s'endorment pas. N'as-tu pas eu la même impression de fatigue inutile et de trouble léthargie que moi ?

— Ne sous-estime pas l'effet que tu as pu produire. J'avais tapé le discours et pourtant tu lui as donné vie en le prononçant. Tu ne peux pas exiger que tout auditeur vibre à t'entendre comme si tu étais en position de le condamner.

— Vous êtes bien indulgente, ma chère collaboratrice.

— Je suis sincère et je dis ce que je pense.

— Alors vous ne devez pas être objective.

Eva Munter lança à son juge un regard plein de malice. Il retrouva tout à fait son sourire.

— Excuse moi deux minutes, je vais hâter les adieux et je t'emmène dîner.

— Je patiente mais je passerai à l'hôtel avant le repas.

Jean rejoignit le groupe des participants qui se firent un devoir de lui dire des choses qu'ils pensaient ou ne pensaient pas. Il déclina toute invitation, salua ses amis étrangers et français et retrouva Eva dans le vestibule. Un taxi attendait à la sortie. Ils rejoignirent l'hôtel.

Après une toilette courte mais appréciée Jean changea de chemise et descendit dans le hall pour laisser la chambre à Eva. Il était las mais en même temps soulagé et dispos ; les obligations étaient terminées et la perspective d'un tête à tête l'enchantait par avance. L'attente ne lui pesa pas et l'impression d'être hors de la réalité et hors du temps fut confirmée lorsqu'il devina le bruit de ses pas. Elle apparut dans un halo de blancheur : pantalon blanc, pull blanc à rayures horizontales rouges dont la couleur semblait sortir de ses lèvres ; sa grâce naissait de son sourire et y aboutissait pour mieux l'éclairer.

Jean se leva, trébucha dans les pieds de la table basse :

— Madame, vous êtes plus ravissante que jamais !

— Chut !

Sa réserve naturelle accentuait encore son charme ;

— Où oserai-je vous emmener ?

— Promenons nous un peu, nous trouverons bien un lieu qui nous plaise en cheminant.

— Permettez que je vous prenne le bras comme un patron vieillissant et un peu gâteux.

— Le gâtisme vous servira d'excuse !

Le contact avec la douce chaleur de cette laine éclatante fit soupirer Jean qui huma profondément l'air et éprouva un vif plaisir à profiter de la fraîcheur extérieure. La quiétude de la nuit leur rendit la sérénité que le vide bruyant des réunions leur avait enlevée. Ils s'arrêtaient de temps en temps pour regarder une devanture ou comparer des menus de restaurants qui se trouvaient sur le chemin. Une vieille taverne flamande, comme il se doit à Bruxelles, retint leur choix et ils s'installèrent dans un petit coin qui leur ménageait un isolement presque complet.

 Ils dégustèrent presque en silence le waterzoi ; le Sauternes choisi par Jean adoucissait encore l'ambiance. Il conta à Eva comment dans sa jeunesse il avait plongé avec deux camarades dans une gaieté artificielle après la découverte de deux bouteilles de vieux Sauternes dans une cave de lieu de colonie de vacances. A la fin du repas Jean était tellement absorbé par le regard de sa compagne qu'il pouvait voir dans ses yeux azurés les eaux du cap Sounion : l'ivresse intellectuelle d'il y a quinze ans remplacée par l'ivresse sensorielle ! Complètement diverti il posa son coude gauche à côté de la table et s'en alla heurter de la tête la balustrade en bois qui les séparait de la table voisine. Le bruit plus que le choc les avait ramenés à la réalité et Jean aurait volontiers fait grossir sa bosse pour qu'Eva y applique encore sa serviette humectée à ses lèvres. D'un rire bien complice ils avaient terminé le repas. Il restait quelque trace sur la tempe du blessé.

— J'aurai moi aussi mon rouge, il ne me manquera que l'élégance.

Ils quittèrent bientôt la taverne et marchèrent pour rentrer à l'hôtel régénérés et rassérénés. Un coup de vent souleva les boucles blondes d'Eva. Jean d'un geste spontané retint ces cheveux que rien ne menaçait et se rappelant Baudelaire :

Extase ! Pour peupler ce soir l'alcôve obscure
De souvenirs dormant dans cette chevelure
Je la veux agiter dans l'air comme un mouchoir !

Eva inclina la tête en arrière. Ils se sourirent :
— Eva, te souviens-tu de la séance d'Amar ? Ce jour-là j'ai osé te confier mon désir. Tu m'as dit : un jour, peut-être... quand ce sera l'heure.
— Jean, répondit-elle, nous pouvons poursuivre la chanson que nous connaissons à moitié. Il y a longtemps que nous sommes unis et si tu le veux, je crois que l'heure peut sonner. Je me rends à l'évidence.

Jean passa le bras autour des épaules d'Eva et l'attira à lui ; pas de répulsion cette fois, elle se plaqua contre lui et ils s'embrassèrent longuement. Elle se pressa encore plus contre lui quand elle sentit poindre le désir et ils regagnèrent l'hôtel.

Ayant à peine passé la porte de la chambre ils s'embrassaient avec passion et reprenant leur souffle s'asseyaient sur le lit. Eva lui demanda :

— Ferme les yeux jusqu'à ce que je te dise de les ouvrir et ne bouge pas.

Elle fouilla dans sa valise, entra dans la salle de bains et ressortit vêtue du chemisier à lys tigrés qu'il avait traversé du regard

— Regarde !

— Tu es aussi superbe qu'il y a quelques mois mais cette fois je peux te contempler tout mon soûl. Tu ne vas pas chercher un pull ?

— Que non, pas de pull et même tu peux me l'enlever !

Jean dégrafa le fameux chemisier, glissa la main sous le soutien-gorge qu'il n'aurait pas dû regarder et saisit avec émotion ce sein si doux tandis qu'elle lui caressait la poitrine avec un mouvement descendant. Le chemisier et le reste furent bientôt par terre. Ils s'allongèrent dans l'état de nature. Jean contemplait ce corps allongé à ses côtés. Comme le jour de son premier aveu il s'amusait à soulever de la main cette taille flexible comme le roseau et à retrouver dans sa main la rondeur pleine de ce beau sein. Il joignit son index et son majeur, les appliqua à ses lèvres puis à celle d'Eva puis sur chaque téton, puis sur son sexe. Un désir amusé grandissait en eux, de ces doigts qu'il avait souvent vus prendre le stylo elle lui saisit le sexe et l'introduisit en elle ; ils s'unirent doucement, lentement. Jean se sentait fondre dans la profondeur de ce corps dont la souplesse avait du génie et où son sexe trouvait un confort absolu ; il s'y laissait aller comme il s'était souvent senti happé dans le regard de cette muse.

Leur union fut calme, presque sacramentelle et ils restaient immobiles l'un à l'autre, l'un près de l'autre, inspirant et expirant avec quiétude, affranchis de toute anxiété, rassasiés de sérénité. La plénitude parcourait leur corps et leur esprit. Gais mais graves, ils étaient seuls, à cet instant plus rien n'existait. Ils n'avaient nulle conscience de consommer un adultère et le péché ne les avait pas effleurés.

— Evchen, tu es le plus passionnant dossier que j'ai dépouillé !

— C'est que tu ne les a pas étudiés avec assez d'attention. En tout cas moi je n'ai jamais connu d'audience aussi bouleversante !

Le sommeil les enveloppa comme un songe. Jean se rappela : « Chaque jour j'aime d'un cœur plus fort ton air de sainte femme, ô ma terre de Flandre », avant de plonger dans ce pays éthéré. En pleine nuit il eut une sueur froide en songeant furtivement à l'incertitude du lendemain et se lova dans le corps d'Eva qui ouvrit l'œil :

— A quoi penses-tu ?

— A rien d'important, j'ai eu une petite peur de te perdre.

Pour toute réponse elle l'enlaça et ils se rendormirent apaisés.

Le temps suspendu

Pendant environ une année Jean et Eva avaient vécu un long voyage de noces sentimental et professionnel. Ils avaient vogué sur une mer étale que les accrochages de la vie quotidienne qu'ils ne connaissaient pas dans ses détails rebutants n'avaient pas pu agiter. La communion dans la vie professionnelle avait le double avantage de les motiver communément et de ne pas les impliquer personnellement. Ils avaient l'impression de collaborer à la même œuvre en allant dans le même sens. Les réflexes était pratiquement identiques : quand on présentait un mineur délinquant, Eva pouvait prévoir à l'avance quelle serait la réaction de son juge et quelle décision il prendrait ; elle le connaissait suffisamment pour supputer ses réactions, elle connaissait assez les solutions pratiques possibles dans la région pour deviner quelle solution il adopterait. Combien de fois avait-elle proposé à l'avance, à la seule lecture des PV de police ou de gendarmerie un mandat de dépôt qu'il n'avait plus qu'à signer, ou au contraire n'avait-elle rien préparé du tout malgré les réquisitions du parquet de mise en détention parce qu'elle se doutait qu'il refuserait l'incarcération ou dénicherait un placement. Jamais cependant elle n'avait pris d'initiative indue, jamais elle n'avait cédé à la tentation de prendre la place de Jean, de téléphoner pour lui à un centre pour chercher une place, de saisir de cas un éducateur. Elle avait toujours réservé sa décision même si elle avait acquis l'art de la supputer. Jean appréciait de son côté grandement ce confort intellectuel et moral ; il se sentait aussi suivi que précédé, acceptait éventuellement les suggestions qui étaient toujours faites sous forme d'interrogations et savourait au besoin la confrontation d'opinions quand il hésitait ou doutait. Ce confort n'était pas routine, il permettait seulement un exercice harmonieux de sa profession en évitant des heurts inutiles, en lui permettant de s'axer sur la réflexion et sur la motivation de ses décisions. Il lui permettait de plus de conjuguer avec jouissance la lecture des PV et la divination des réactions d'Eva, le coup d'œil sur le dossier et le coup d'œil sur elle qui l'apportait, l'odeur de paperasse enfumée par la gauloise policière et l'odeur de parfum de sa greffière.

Cette connivence professionnelle était facilitée par le fait que les deux partenaires pouvaient l'exercer sans trop s'impliquer personnellement. Elle offrait le support d'un cadre extérieur partagé à la vie commune sans la traverser des manies ou des défauts de chacun.

Le bonheur était visible parce que chacun rayonnait d'une joie simple, il ne trahissait pas la profondeur de leur relation : tous les collaborateurs voyaient à quel point leur entente était scellée, personne ne savait qu'ils s'étaient donnés l'un à l'autre, personne ne se doutait que certains après-midi ou certains soirs ils se retrouvaient dans une chambre d'étudiant que Jean avait louée. Jamais une attitude douteuse ne les avait compromis au palais. Ils avaient convenu de laisser leurs unions à l'initiative du sort, de s'en remettre aux circonstances quant à leur réalisation : l'un comme l'autre demandait tout simplement une retrouvaille et le temps n'avait pas émoussé cette fraîcheur. Ils gardaient leur liberté personnelle et voulaient croire que le temps pourrait rester suspendu ; ils se confiaient volontiers les éléments de leur vie parallèle mais n'avaient pas envisagé d'avoir à faire un choix, ne voulant en rien gâcher ce bonheur en prenant une décision et voulant ignorer que faute de la prendre le destin le ferait à leur place.

Une carrière est aussi mouvante qu'une âme ; celle de Jean précéda l'évolution de la seconde. Ses années passant il avait vocation à l'avancement. Il avait rempli comme si elle ne le concernait pas sa fiche de postes souhaités, il s'était persuadé que le déplacement n'était pas proche : après tout il n'était pas si vieux et des collègues moins jeunes étaient si pressés de se déplacer et d'avancer ! Eva avait assisté à la formalisation de cette candidature et n'y avait pas apporté plus de foi que lui. Depuis son dépôt le temps avait coulé, leur tendresse s'était incarnée, l'incertitude de la situation, s'ils y pensaient parfois était bien vite oubliée.

Un soir, Jean était arrivé au bureau la mine défaite au retour d'une visite protocolaire à son premier président.

— Eva j'ai reçu un coup. Je suis muté. On me félicite pour mon avancement inespéré ; je désespère pour l'abandon qu'il va m'imposer.

Une larme pointait au coin de l'œil d'Eva, puis une autre.

— Où es-tu nommé ?

— Président là où j'étais sûr de ne pas aller. Il a fallu que ce con de G... ait des problèmes personnels pour laisser si tôt vacant le poste !

Eva essuya la larme qui lui avait échappé. Elle soupira, saisit son sac à main, vint embrasser Jean :

— On en reparle demain...

Et s'esquiva.

La douleur le laissait résigné. Il rentra chez lui.

Ils n'avaient que peu discuté du problème. Jean avait bien évoqué la possibilité de refuser ce poste, Eva l'en avait aussitôt dissuadé. Dès le début ils savaient que le sort qui les avait réunis devrait un jour les séparer ; ce jour, il fallait, il allait falloir le porter. Qu'au moins ils se séparent dignement ! Ils avaient connu l'exultation de la réunion, ils devaient supporter avec sympathie la séparation. La fidélité à la simplicité de leur amour imposait que la séparation se fît dans cette simplicité.

Avant d'être séparés ils avaient décidé de s'octroyer quelques ultimes moments de communauté et de retourner au lieu de leur premier flamboiement. Ils avaient choisi de passer une dernière fin de semaine là où ils s'étaient donnés l'un à l'autre. Jean avait donc retenu une chambre à l'hôtel de l'Europe. Le hasard faisait que le théâtre de la Monnaie programmait ce samedi soir *La Walkyrie* : la musique, et Wagner, dont Jean avait communiqué la brûlante passion à Eva, qui les avait accompagnés dans les instants de transport les plus mûrs, leur serait fidèle dans les moments les plus douloureux. Il avait pu acheter des billets par agence.

Arrivés à l'hôtel ils posèrent leurs bagages et décidèrent de marcher un peu. Ils retrouvèrent tout naturellement le chemin qu'ils avaient suivi la première fois. Jean rappela à Eva leur premier contact, le vent complice qui avait soulevé sa chevelure, la main qui avait rattrapé ce qui ne s'enfuyait pas, le souvenir de Baudelaire qui avait poétisé cette première caresse. Eva lui prit la main et la fit passer de ses épaules à sa nuque. Les regards se croisèrent, les corps se tournèrent l'un vers l'autre et les lèvres se rejoignirent.

— Eva, je te sens comme au premier jour ; tout ce que nous avons vécu a été illuminé comme ce premier instant. J'ai à la fois le sentiment que cela va vivre toujours et que cela ne vivra jamais plus.

Une larme perlait à chaque œil d'Eva.

— N'attristons pas ces derniers instants, il nous restera toute la vie pour les regrets ! Restons, Jean trop chéri, à l'unisson jusqu'à l'épuisement du temps qui nous est imparti par cette vie qui nous a au moins permis de nous rencontrer.

Chemin faisant, en marchant lentement corps contre corps, ils rejoignirent la taverne où ils avaient dîné autrefois. Ils n'avaient pas le temps de s'y attarder mais ils décidèrent d'y prendre une consommation avant d'aller à l'opéra. La disposition des lieux était inchangée ; ils prirent place à la même table que naguère, à côté de la balustrade que Jean avait malencontreusement heurtée. Les choses ont un peu la mémoire des sentiments en ce que leur vue suscite l'évocation de ce qui a été ressenti en leur présence. Eva et Jean se retrouvaient insensiblement dans la même ambiance et le même état d'esprit et le poids de l'échéance fatale leur était moins lourd.

L'heure passant ils retournèrent à l'hôtel pour se changer et rejoindre le théâtre. Eva était étincelante. A l'entrée du vestibule il s'écartait d'elle pour mieux la contempler et il était ébloui : elle portait une robe mi-longue noire légèrement décolletée qui accentuait la finesse de son corps ; elle mesurait l'espace du mouvement de son écharpe et attirait bien des regards admiratifs. Il était trop en elle pour ressentir une rivalité et il pouvait ne jouir que de son propre plaisir.

Les notes de l'ouverture les retournèrent en eux-mêmes. Le long murmure des violoncelles représentait exactement la tempête intérieure qu'ils vivaient et ces doubles croches trahissaient les vibrations de leur âme ; la trompette basse les transperçait avant que le thème de la compassion ne les envahisse. Jean serra convulsivement la main d'Eva dans la sienne ; elle posa sa main droite sur les mains déjà enlacées. A travers les sublimes épanchements des violons qui suivent l'hymne au printemps et accompagnent le duo, ils avaient senti les profonds élans de leur amour et le flot musical qui les emportait les faisait communier à l'extase des amants. Le dernier accord avait sonné, le bruit des applaudissements et l'aveuglement par la lumière les surprirent de façon impertinente. Les voisins qui avaient sans doute des fourmis dans les jambes les obligèrent à se lever. En se rendant au foyer, ils échangeaient des propos qui n'atteignaient pas leur conscience toute occupée par la musique qui continuait à chanter. Eva se tenait face à Jean et le regardait de ses yeux à la fois volontaires et réceptifs, soumettant et soumis, directs et sans détours dans lesquels il aimait se fondre : « C'est toi le printemps », c'était bien vrai.

Le même attitude et la même émotion étaient présents au second acte : l'atmosphère déchirante et déchirée entretenue par les violoncelles et les contrebasses faisait ressentir à Jean la douleur de Wotan : « J'ai fait les chaînes qui m'ont pris ! », et la détresse de Brünnhilde annoncée par dix notes de cor anglais, « *Weh ! mein Wälsung* », devant l'abandon des dieux, détresse prolongée par l'orchestre en déchirement total jusqu'à l'apparition des amants sur lesquels pèse leur sort irrémédiable. La tête d'Eva chuta sur l'épaule de Jean et ils ne purent retenir leurs larmes quand Sieglinde crut l'avoir perdu : « *Wo bist du, Siegmund ?* ». Le martelage du motif du sort par les timbales les perçait de la douleur de leur séparation à venir, elle aussi irrémédiable et Jean aurait bien abandonné tous les dieux et tous « les braves » pour pouvoir rester avec elle.

Le poids de ce lourd drame du deuxième acte subsista pendant le reste de la représentation qui leur était plus extérieur ; seule la terrible séparation des amants leur restait présente et son expression musicale continuait de peser sur eux. Ils rentrèrent l'hôtel.

La musique ne les quitta pas de la nuit. Leur union s'était prolongée délicieusement mais avec une sérénité attristée. Jean reposait la tête sur le ventre d'Eva, son esprit s'abandonnait à cette splendeur intime et mystérieuse qu'il sentait sous lui et qui absorbait toutes ses facultés sensorielles. Eva plongea sa main dans sa chevelure et attira sa tête : « Viens à moi, dragon, que je t'étouffe ! ». Ils goûtèrent à pleines lèvres et à plein corps le nectar de leur passion.

La fêlure

Jean et Eva avaient décidé que leur union de Bruxelles serait la dernière : ils y avaient connu le premier rapport sacramentel ; le dernier ne pouvait être vécu qu'en ce lieu.

Ils s'étaient bien reposé la question à leur retour de savoir s'ils pouvaient changer de vie et adopter un mode de vie conjugale en se libérant de leurs attaches actuelles. Eva avait objecté qu'elle venait de vivre pleinement en adorant son amant tout en continuant d'aimer son mari à qui elle ne voulait pas faire d'autre mal ; Jean n'imaginait pas rompre de son côté et traumatiser définitivement ses enfants ; il n'y avait pas d'autre solution que de subir.

Les derniers instants de la vie professionnelle commune avaient été hachés par les visites que Jean devait faire avant son installation. Il ne partait pas bien loin : trente cinq kilomètres. Il faisait ses visites par demi-journées, la moitié du temps restant était consacrée à l'ultime expédition de son courrier de juge des enfants. Puis il était parti ; il avait été installé là-bas dans le fatras d'honneurs qui ne le pénétraient pas. On le félicitait chaudement d'avancer si jeune, on le jalousait même, il se laissait aller en ayant le cœur ailleurs. Eva avait suivi son intronisation dans les coupures de presse parce qu'elle s'était abonnée à l'édition du lieu d'affectation. Ses impressions avaient été commentées au téléphone de même que Jean lui avait relaté son réapprentissage professionnel. Lui qui en tant que juge des enfants avait vécu plus de dix ans plongé dans la matière humaine et dans les faits devait maintenant devenir à la fois un technicien du droit prêt à statuer au besoin immédiatement sur des problèmes difficiles et un organisateur en même temps qu'une figure publique. L'étude intellectuelle du droit lui avait fait retrouver le bouillonnement de ses années d'étudiant et le droit civil lui avait occupé l'esprit ; organiser un tribunal, recréer une atmosphère de concertation, susciter et recueillir l'assentiment à une action commune de ses collègues, en majorité jeunes, ouverts, contestataires au besoin mais toujours directs et accessibles au renvoi des problèmes, n'avait été pour lui qu'une continuation. Par contre dans son nouveau rôle de figure publique, il avait ressenti une inadaptation, une rupture intérieure que la brisure de son amour n'avait que trop amorcée ; il avait fréquenté dix ans des marlous et des loubards et se trouvait plongé dans un monde de notabilités se côtoyant par réceptions interposées et croisées où les mêmes chefs de services se saluaient éternellement poliment. Il ne retrouvait de sérénité que dans l'action de juger et se concentrait sur elle sans même s'attendre à la richesse qu'il aurait pu trouver dans les voies d'accès à la décision, sans voir l'intérêt des délibérés avec des collègues dont le charme ne l'avait pas effleuré : il les respectait, il ne s'ouvrait pas à eux.

Eva suivait de son côté une évolution analogue par le refus d'implication croissant de sa personne dans son travail. Elle avait gardé la charge administrative du cabinet de Jean mais il n'était plus là pour l'animer. Elle était obligée d'avoir recours à l'un ou l'autre des juges des enfants présents ; il ne l'intéressait plus de prévoir la réaction du juge. Au début elle relisait les PV rédigés récemment de concert et retrouvait ce qui avait disparu puis elle avait renoncé parce qu'il était inutile de remuer le fer dans la plaie, parce que cette symbiose était bien morte et ne revivrait plus. Elle faisait son temps de travail, elle ne savait plus si elle attendait que le temps passe ou si elle n'attendait plus rien du tout.

Ils étaient partis résignés tous les deux en vacances judiciaires. Elle avait rejoint son milieu familial avec son mari, il était parti en maison de vacances avec sa famille. Ils avaient essayé de trouver l'oubli mais le passé s'était imposé insidieusement au présent et la mémoire faisait revivre l'un ou l'autre. A la succession des jours gris et monotones s'opposait la reviviscence de certaines nuits : Jean était délicieusement fatigué de s'être souvent réveillé la nuit et d'avoir vu avant d'ouvrir l'œil le sourire d'Eva, de sa muse qui accompagnait ses vacances.

Encore imbibé de ce halo de rêve et d'irréalité il avait repris le travail et, au jour annoncé du propre retour d'Eva, l'avait appelée au téléphone.

Trahison du rêve, effet d'une imagination trop sollicitée pour rester fidèle ou constat d'une réalité à laquelle il devrait bien se confronter un jour ou l'autre, il avait dès les premiers mots reconnu la voix chère mais les graves qui le remuaient tant étaient exsangues de vibrations, la sonorité ne transportait pas le sentiment. Il lui semblait retrouver une vague amie, une connaissance heureuse de l'entendre mais sans plus. Le conversation fut des plus banales : quelques échanges sur les circonstances des vacances, quelques vagues considérations d'avenir, à peine quelques allusions aux lectures. Où était le contact d'autrefois, où était le souffle irénique qui les animait, où était l'échange qui les transportait ?

Jean avait quitté son bureau accablé d'indifférence. Pendant plusieurs jours il errait dans un brouillard. Un mot ne cessait de le torturer qui tournait dans sa tête. Eva lui avait dit d'un ton badin au cours de la conversation :

— Eh voilà, nous sommes rentrés, nous allons retrouver nos petites habitudes.

Le choc avait été immédiat et cinglant et lui avait fait déposer l'écouteur avec une résignation pesante. Le mot l'avait poursuivi. Comment elle, si intuitive et si sensible, avait-elle pu parler d'habitudes alors qu'il n'avait qu'envie de hurler son besoin d'elle ? C'était vraiment l'écroulement du rêve romantique et le retour à la platitude ! Yseut muée en madame Martin !

Jean savait depuis toujours que l'accaparement d'Eva et par Eva finirait par un arrachement. Il le redoutait, il l'acceptait d'avance mais il ne l'imaginait pas de la sorte. Ah ! S'il avait été muté très loin à l'étranger, l'éloignement aurait constitué un alibi valable. Retomber dans la grisaille ordinaire lui donnait la nausée. C'était ainsi, il fallait savoir renoncer après avoir entrevu le paradis.

Jean essaya sincèrement de profiter de ce changement de cap pour retourner vraiment à sa vie familiale et sociale. Il pouvait s'occuper beaucoup plus de sa femme et de ses enfants ou se plonger dans le travail ; il restait le siège de sentiments contradictoires. Dans un premier geste à la fois de rancœur et de renoncement il avait détruit toute sa correspondance mais la suppression du support n'avait pas éteint la flamme. A chaque réveil une image surgissait ou en pleine étude d'un dossier la fureur le prenait, la jalousie l'étranglait : fallait-il qu'elle ait été reprise par sa famille ou son mari pour être devenue si indifférente ? Puis il s'apaisait, la question n'était pas là, ne s'étaient-ils pas confié un jour que la passion ne pouvait qu'être éphémère ? N'était-ce pas dans la nature des choses, n'avaient-ils pas vécu quelque chose d'ordinaire, n'étaient-ils pas eux-mêmes très ordinaires et voués au très ordinaire ? L'idylle devait finir d'une façon ou d'une autre ; puisqu'elle devait avoir une fin, peu importait le mode de cette fin ; puisque la communication n'existait plus, puisqu'il lui semblait qu'Eva n'acceptait plus, bien qu'elle n'ait rien dit en ce sens, de vibrer, de communier, de participer à un rêve intérieur, le dialogue n'avait plus de sens, il devenait même gênant. La symphonie se muait en dissonance. Il était vain de multiplier les fausses notes. Il ne voulait plus l'appeler parce qu'il ne la sentait plus prête à entendre ce qu'il avait à lui dire. Pourquoi tomber dans la convention, parler de ce qui se passe ou ne se passe pas alors qu'il ne sentait que le manque d'elle, la douleur, la soif, la brûlure d'elle ? Ivre de ce manque, marqué par cette brûlure, il ne pouvait que se taire, c'était la dernière manière d'être digne, de la respecter et de se respecter lui-même.

Suivre cette résolution fut d'abord facile. Jean se divertissait de son obnubilation. Mais le temps n'apportait pas l'oubli et plus il passait, plus il avait envie de l'appeler au secours et de lui crier : « Eva je n'en peux plus ! ». Mais pourquoi restait-elle silencieuse de son côté ? Son inertie ne venait-elle pas confirmer tous ses pressentiments ? L'analyse qu'il avait sombrement ruminée n'était-elle donc que la triste vérité ? Il n'y avait donc vraiment qu'à se taire, qu'à souffrir en silence, qu'à s'enfoncer dans le néant ; de temps en temps il espérait dériver sa souffrance vers la sublimation mais l'espoir était vain.

Le silence pesa pendant quinze jours longs mais vides, pleins de travail mais creux, remplis de préoccupations utilitaires. Quinze jours où l'ennui bas et lourd pesa comme un couvercle.

Hélas je croyais tout savoir
D'amour et je n'en sais que peu !
Car ne puis me tenir d'aimer
Celle dont jamais rien n'aurai.

Oh, XIIe siècle, Bernard de Ventadour, que tu avais raison !

Il avait résolu de ne plus prendre l'initiative. Arriverait ce qui arriverait. Il était devenu ou aurait voulu devenir indifférent à ce qui lui indifférait le moins. Il aurait voulu rester dans l'ombre et étouffant la flamme sous le boisseau des circonstances y trouver la paix. En trois secondes la vanité et l'irréalité de ce faux espoir lui explosèrent à la face. Trois secondes de communication téléphonique pendant lesquelles la voix d'Eva avait retrouvé sa musique et aussi vivement que battait son cœur, Jean avait pris conscience que son renfermement n'avait pas de sens, que même s'il devait renoncer à celle dont il n'aurait plus rien il ne pourrait se séparer d'elle qu'en la laissant et en la faisant vivre en lui.

Trois secondes pour réaliser, trois minutes de conversation interrompue par les éternels fâcheux qui ont toujours quelque chose à demander quand il n'en est pas temps. Trois minutes qui avaient rendu les jours et les heures suivants plus sereins, plus tranquilles, plus étales. La jalousie avait cessé de lui serrer la gorge et il sentait sa présence immanente. La douleur semblait s'apaiser petit à petit. Il avait hésité à l'appeler huit jours plus tard mais il n'avait pu résister. La raison que ce qui est sincère doit primer toute autre considération l'aidait grandement à surmonter ses hésitations. Il retrouvait les vibrations tant attendues et la paix qui envahissait son corps et lui procurait douce jouissance lui faisait supputer que « les petites habitudes » qui lui avaient fait tant de mal pouvaient présenter une douceur égale et supérieure à leur apparente brutalité. Dans une conversation téléphonique il s'était surpris à s'entendre prévenir Eva qu'un jour il l'appellerait pour lui dire : « Je suis ici ou là, je t'attends ». La surprise n'avait pas été moins grande d'entendre Eva quelques jours plus tard évoquer à mi-mots ces dernières paroles en lui demandant s'il se rappelait la promesse faite. Après quelques secondes d'hésitation, Jean réalisait avec une profonde satisfaction l'écho des paroles lancées. Oui, la mélodie est là, oui, je l'entends. Pauvre nature humaine qu'un mot console de bien des malheurs mais heureux homme qui sait être touché au cœur et si bien guéri par un souffle de communion ! Jean avait envie de chanter. Il quitta le palais en sifflotant. Il appelait l'oiseau connaisseur des secrets de l'âme, il se sentait revivre, il affrontait la platitude, la morne indifférence.

 Deux jours plus tard il dépouillait son courrier ; il sourit soudain en découvrant une enveloppe dont l'écriture toute de courbes coulée et le timbre de collection recherché ne pouvaient cacher l'origine. Un rayon de soleil inondait son bureau, maints souvenirs envahissaient sa mémoire, la douce rêverie l'emportait ailleurs. Il se sentait bien. Eva avait écrit une petite carte représentant un phare en forme de stylo comme si toute correspondance était une lumière. La phare éblouit son lecteur quand, se trahissant tout à fait dans son style, elle lui écrivait : « Rien de nouveau depuis ton appel sinon de te remercier de ne pas m'oublier ; Ah, ce téléphone quelles satisfactions nous apporte-t-il quand même !! » comme si ce remerciement qui touchait Jean au plus profond se plaçait au même plan que le rien de nouveau. Son génie féminin était là, elle avait toujours su inspirer en donnant l'impression de ne pas intervenir, femme d'autant plus sublime qu'elle savait ne pas se montrer, d'autant plus adroite qu'elle cachait ses grandeurs sous l'apparente platitude des choses. Jean humait à nouveau son parfum et, l'émotion passée, était profondément troublé en même temps que rassuré. Même si cette fin cruelle devait arriver il ne pouvait que se réjouir d'avoir connu cette épreuve. Émotion et travail n'étaient guère compatibles. L'audience de la matinée mit en œuvre les réflexes acquis plutôt que l'attention soutenue aux affaires : le sort bienveillant ne lui avait imposé que trois litiges sans problèmes. Il rédigea aussitôt ses jugements pour pouvoir retourner plus librement à sa préoccupation. Il ne trouva de dérivatif que dans la réponse : la librairie voisine lui offrit une carte représentant un homme en tenue de sauvage. Jean écrivit au dos :

« *Tout ce qui touche le cœur se grave dans la mémoire »*, *Voltaire j'en croirai.. sinon je serai comme celui qui est de l'autre côté.*

Jean ne fut satisfait qu'après avoir posté sa lettre.

Retrouvailles

Le téléphone et la correspondance étaient les moyens de communiquer. L'un comme l'autre savait quel jour il serait appelé ou aurait été appelé, l'un comme l'autre savait quel jour il recevrait du courrier. Après six mois, Jean pensait avoir retrouvé une certaine sérénité et évoluer vers une relation plus détendue, plus lointaine donc plus calme. A l'occasion d'une réception dans la ville de son ancien exercice il avait mis en œuvre la promesse faite à Eva et lui avait annoncé sa venue au palais à la fin de la permanence du samedi de celle-ci.

Eva occupait toujours le même bureau que Jean regagna, dans ces lieux vides à cette heure, comme un automate. Son premier regard le fit flageoler, ils s'embrassèrent timidement et pudiquement. Eva portait une robe de jersey vert foncé agrémentée de feuillages à prédominance marron. Jean s'assit sur la chaise face au bureau d'Eva et s'enfonça dans le dos le bec du parapluie accroché au dossier. Il demanda des nouvelles d'elle et puis de son cabinet. Elle était assise les jambes croisées un peu en retrait de son bureau. Son beau corps se tendait avec souplesse entre le siège et le dossier de son fauteuil, le jersey la rendant un peu plus potelée que nature.

Une tempête se déchaînait dans le cerveau de Jean. Soutenant avec détachement une conversation banale, des pensées traversaient son esprit comme les éclairs fendent l'obscurité : d'un côté le regard d'Eva était chargé de toute la passion qui les avait liés, portait un reflet adouci par la mélancolie qui lui donnait une touche de tristesse qui transperçait Jean et le culpabilisait atrocement d'avoir assombri cette belle nature ; d'un autre côté la vision se muait en pulsion qui pour fugitive qu'elle était n'en était pas moins furieuse : deviner sous la robe ces formes qu'il avait tant chéries et qu'il n'oublierait jamais lui donnait une envie pressante de s'évanouir à nouveau dans le feuillage. Une larme perla :

— Hier, aujourd'hui... passé, présent... Ce feuillage sur tes seins ! C'est l'impossible avenir ? J'essaie de renoncer mais ton corps, tes yeux ! Je t'ai aimée, je t'aime, encore, plus qu'autrefois.

Ils s'enlacèrent fortement mais tendrement, délicieusement.

— Eva, Eva pourquoi la vie ne nous a-t-elle pas réunis ?

— Ne dis pas ça ; on a au moins eu la chance d'aimer, de se donner par amour ; c'est ça le bonheur ; il fuit mais il nous restera. Nous nous retrouvons, nous nous retrouverons peut-être encore. Rassieds toi et parle moi.

— Oui nous nous retrouverons. Je veux garder cette illusion, elle me réchauffe. De temps en temps dans mon bureau je ferme mes dossiers et je laisse aller mon regard, ou je ferme également les yeux et j'imagine... j'imagine que tu es dans le bureau contigu et que tu vas ouvrir la porte, entonner comme autrefois « monsieur » et je t'entends. J'entends ton rire, je te vois sursauter sur ta chaise parce qu'une tournure de phrase t'a plu, je te contemple, je te retrouve serrée dans les bras. Quand je rouvre les yeux, je reste à ne rien faire, sustenté au dessus du sol, sans poids, sans racine... au bout d'un temps indéfini je reprends la plume... et je règle les affaires des autres.

Un long et lourd silence. Eva s'unissait par le regard.

— Moi je fermerais plutôt les yeux pour essayer de t'oublier. Dès que j'ouvre un dossier de ce cabinet je te retrouve, les feuilles parlent, les lettres vivent, je revois le cabinet en mouvement, les clients discutent, tu ne les laisses pas dans le vague, ils s'en vont et tu as toujours une confidence à me faire sur ce qui s'est passé, il y a toujours un geste ou une attitude qui t'a frappé, j'ai toujours un rictus ou une mimique à relever. Nous nous complétions alors, nous nous complétons encore.

Le temps est un traître indifférent ; les portes allaient fermer. Ils s'habillèrent. Jean offrit à Eva de la reconduire. Chemin faisant elle était reprise de doutes :

— Je ne sais si les choses reviendraient comme avant si nous nous retrouvions.

— Je suis sûr qu'au bout de cinq minutes nous aurions retrouvé la même atmosphère ; les affaires nous y pousseraient ; rappelle-toi madame Podevin ou l'erreur commise sur madame Duhamel !

Eva éclata de rire.

— Je ne te parle pas du boulot ! Là c'est sûr mais pour le reste, l'essentiel, comment se retrouver, comment revoir l'enthousiasme sans hésitation ?

Eva regarda sa montre. Elle se serrait contre la portière droite. Recroquevillée sur elle-même, elle semblait se tasser pour éviter tout contact qui ferait céder sa retenue et rendrait plus douloureuse encore la séparation.

— J'espère que nous nous retrouverons plus rapidement cette fois. Je ne suis pas encore bien ferme mais j'ai besoin de toi.

— A bientôt, répondit-elle en tendant les joues.

Ils s'unirent fugitivement par le regard et elle partit. Elle le salua de sa main relevée, puis sans se retourner disparut au coin de son immeuble.

Jean fit démarrer sa voiture. Il se dit que rien n'avait été convenu ni abordé pour une prochaine fois ; il sourit en pensant que le calcul n'avait jamais existé entre eux.

La sagesse qu'ils s'étaient imposée quant à la chair le maintenait dans une certaine prudence quant à la fréquence de leurs relations ; le sort là aussi décidait ; telle inauguration ou remise de médaille était prétexte à entrevue. Jean n'annonçait sa venue que quelques jours à l'avance en précisant qu'il serait à tel endroit, tel jour à telle heure. Eva n'avait jamais opposé une impossibilité.

A chaque nouvelle rencontre inopinée Jean éprouvait la même surprise, qui aurait pu paraître désagréable à un étranger, mais qui lui laissait un étonnement naïf, d'évoluer dans un mouvement intérieur qui avait le mouvement perpétuel de la vaguelette qui endort dans sa barque le pêcheur qui ne veille plus. Au début de la conversation son œil inquisiteur lui faisait rechercher tout détail qui devait ramener Eva au rang des interlocuteurs communs, il espionnait son visage pour y trouver une expression banale, il croisait furtivement son regard pour y découvrir la platitude commune ou il relevait des détails esthétiques, la nouvelle coupe des cheveux qui avait sacrifié des boucles indisciplinées ou encore il s'accrochait à la lenteur de tout début de conversation. Si une voix intérieure lui susurrait qu'il pourrait devenir indifférent, la vaguelette revenait et il suffisait qu'elle pose un regard sur lui un peu plus lentement pour qu'il frémisse et que des éclairs fulgurants zèbrent son esprit ; la voix intérieure devenait un fond musical où les mélodies se confondaient, sur lequel se détachait nettement le thème appuyé des trompettes du sentiment ou de la sensation. La symphonie chromatique qui s'exprimait par les yeux d'Eva résonnait à tel point en lui qu'il avait le sentiment d'être emporté, comme à l'écoute de son musicien préféré, par le flot de la musique, d'être emporté irrésistiblement par une douce force invincible qui se muait au fil des minutes en doux plaisir ou en tendre jouissance. Il n'avait pas besoin de le lui dire, il voyait dans l'abîme de ses prunelles qu'elle le sentait et ils se parlaient comme s'ils étaient muets. Leurs mots n'avaient pas d'importance, leurs cerveaux entretenaient par une sorte de mécanique neurologique une conversation qui se déroulait entre leurs circuits perfectionnés sans qu'ils en aient la conscience. Ils communiaient encore au dessus et au-delà de leur échange verbal.

Eva pourtant était en train de lui apprendre une nouvelle qui autrefois l'aurait immédiatement transpercé. Il s'apercevait non sans satisfaction qu'il avait dépassé le stade de la sensibilité immédiate et qu'il ignorait presque l'impact de cette annonce : son mari était muté à l'autre bout de la France, elle devrait envisager de déménager sous peu, les rencontres même inopinées n'existeraient plus, la mélancolie se muerait en tristesse. Eva exprimait la nouvelle avec une affliction qui lui était à demi extérieure. Jean évoquait bêtement les possibilités de départ et d'installation lointaine comme s'il était gérant d'une agence de voyages. Il parlait mais n'entendait pas ce qu'il disait et il songeait curieusement mais avec émerveillement que celle qu'il avait cru voir d'un œil neutre ou amical, il y avait une demi-heure, était présente comme elle l'avait toujours été ; si on lui avait demandé à ce moment-là si leur ancienne aventure sexuelle, dont le souvenir l'habitait toujours, lui avait apporté plus de réconfort que cette présence, il n'aurait certes pu répondre ; il s'était posé la question à lui-même le lendemain, trois jours, une semaine plus tard et il n'avait pu conclure. Il n'y avait pas de comparaison possible. La seule déduction qui lui paraissait légitime était de considérer que le sort lui avait joué un curieux tour. Pour le rationnel qu'il aurait dû être, la déduction était bien légère, presque superficielle, voire superstitieuse ; pour le réaliste qu'il voulait être, elle était solide comme le roc qui fatiguait ses chevilles, elle était aussi établie et aussi certaine que sa faiblesse d'homme fort. Eva n'était pas morte, elle était là en toute circonstance ; jusqu'à quand vivrait-elle donc ?

 Cette vie, cette présence s'était encore imposée à lui lors d'une rencontre ultérieure. Quand il y réfléchissait, il opposait avec étonnement le vide apparent de la conversation et la richesse inouïe de leurs échanges, la façon dont il s'était nourri de ses regards, enivré de son parfum, la gravité avec laquelle ils s'étaient abordés : Eva n'avait pu faire pétiller ses yeux comme autrefois, lui n'avait su faire montre de son humour ; tout s'était passé comme si le caractère éphémère de l'entrevue leur avait interdit de gaspiller le moment. Ce n'est qu'après réflexion que l'élégance d'Eva lui était apparue ; il revoyait sa coiffure de femme sûre d'elle qui affirmait le relevé de sa mèche orientée vers le haut et défiait les lois de la pesanteur ; elle avait habillé son buste d'un pull en mohair qui lui rappelait la chaleureuse souplesse de ce corps vénéré et qui arrondissait la double courbure pour laquelle il se serait damné ; sa jupe droite qui parfaisait la silhouette le ravissait parce qu'elle offrait deux fentes latérales. Eva là encore ne ressemblait pas aux autres ; n'avait-il pas souri bien des fois de voir les secrétaires exhiber leurs cuisses à travers des fentes dont la longueur était inversement proportionnelle à leur discrétion ? Eva n'était pas plus exhibitionniste qu'évocatrice, son charme naturel suscitait l'envie de Jean jusqu'au bout de ses bottes.

En pensée Jean retrouvait la fluidité de cette communication, il la revivait ; son regard, son sourire, il les voyait. Pourquoi ressentait-il si douloureusement par moments la stupidité de leurs existences qui les obligeait à se séparer, à vivre chacun une autre vie ? Il lui suffisait de fermer les yeux pour plonger dans la vraie vie. Ils n'avaient pas à choisir, cette vie-là ils ne pouvaient la partager en permanence mais elle était. Dans ses instants de quiétude Jean se convainquait que devait lui suffire de s'être vu décerner le plus beau sourire, celui qui exprime la joie mêlée de tristesse, qui traduit la joie de la rencontre en même temps que la tristesse de l'inévitable séparation. Elle avait eu lors des adieux la fantasque et inattendue exigence d'être embrassée trois fois : une fois comme les collègues qu'ils avaient été, une fois comme les amants qu'ils n'étaient plus, une fois comme les amis qu'ils ne seraient pas.

Ces instants intemporels goûtés, la dure réalité de la vie et du temps reprenait ses exigences à travers le travail et le quotidien. Ils avaient cru que cette survivance de leurs instants d'éternité allait pouvoir se prolonger mais le destin allait les briser.

La rupture

Il était acquis qu'Eva partirait elle aussi du fait de la mutation de son mari. Jean avait accepté l'événement dont la date n'était pas encore fixée avec précision. Les amants se revoyaient au gré des occasions, ils restaient liés par paroles et par écrits : ils avaient trouvé dans ces exercices de communication une certaine fidélité. Cette fidélité allait se briser brutalement quand Jean recevrait la lettre fatale par laquelle Eva annonçait qu'elle était enceinte. Logique avec son existence et celle d'un mari qu'elle n'avait jamais dit ne plus aimer, ce que Jean n'avait jamais ignoré, elle lui confiait l'événement avec une certaine joie en lui rappelant les conversations qu'ils avaient eues autrefois au cours desquelles il lui confiait la grosse émotion de la mise au monde d'un enfant, le caractère unique de cette expérience créatrice. Une douleur l'avait enserré à la gorge et il suffoquait ; il avait tellement eu peur autrefois qu'elle lui annonçât qu'elle était enceinte parce que comme tout homme, s'il ne comptait pas son plaisir, il redoutait grandement ses conséquences et ne se sentait vraiment pas capable d'être père de deux côtés, et voilà qu'elle annonçait maintenant après leur séparation qu'elle attendait un enfant ! Il avait stupidement vérifié qu'il ne pouvait pas être le père, le temps le prouvait ! Il avait parfaitement et longtemps supporté l'idée qu'Eva poursuivait ses relations avec son mari en même temps qu'elle en avait avec lui, n'en faisait-il pas autant de son côté ? Il éprouvait néanmoins une énorme amertume parce qu'elle s'était fait féconder par un autre que lui, que cette fécondation était le signe éclatant d'un choix qui voulait dire pour lui exclusion. Aujourd'hui il aurait accepté toutes les conséquences d'un engendrement ! Il éprouvait un vrai trauma de la génération, de la paternité, un écrasement mégalomaniaque de sa puissance fécondante et pour la première fois il en voulait à Eva. Sa femme aurait pu le tromper, il aurait admis une infortune que la réciprocité lui aurait interdit de maudire, il n'acceptait pas d'être bafoué dans ses sentiments : lui qui avait mené une double vie n'accordait pas sous le choc l'indulgence qu'il s'était accordée à lui-même. Il avait saisi sa plume et esquissé une lettre vengeresse qu'à la lecture il avait déchirée. La seconde édition avait été plus édulcorée mais la volonté de ne pas être trop injustement féroce avait fait dévier le fond et le style en une prose douloureuse qui ne pouvait complètement celer l'impact de la nouvelle, qui évoquait avec désespoir un passé bien passé, qui semblait entrouvrir un avenir qui n'existerait pas, qui concluait sur l'hypothèse d'une amitié qu'il refusait. Après avoir été le premier dans le cœur et le corps d'Eva il ne pouvait accepter d'être évincé par un enfant qui accaparerait sa mère. Il ne disait pas adieu mais il n'envisageait plus rien.

Eva avait reçu un véritable coup de poignard en lisant la lettre. La douleur de Jean l'avait brûlée. Elle avait répondu aussitôt en épanchant son propre désespoir. Elle n'évoqua plus sa grossesse mais la seule perte de son amant ; elle confessait longuement : « Je refuse de te perdre, j'aurais mieux fait de me taire, je le regrette bien. » Elle n'invitait pas Jean à changer d'avis, elle lui faisait connaître sa profonde peine. Jean pleura en lisant et lui écrivit « Excuse-moi, je t'aime encore » ; il avait été incapable d'écrire un mot de plus.

Le traumatisme ne fut vraiment jamais surmonté... Jean avait essayé de se raisonner, de s'avouer qu'il outrepassait ses droits moraux. Il ressentait à chaque lecture la peine sincère d'Eva mais il lui apparaissait de plus en plus qu'elle regrettait la douleur ressentie mais pas sa cause, que la grossesse l'avait changée au point qu'elle souhaitait évoluer vers une amitié qui préserverait leur relation mais qui signifiait *ipso facto* la fin de leur amour. Ils avaient vécu de grands sentiments ; il suffisait d'un minuscule fragment d'être pour les anéantir à jamais.

Jean était resté silencieux un bon mois et n'avait ni écrit ni téléphoné. Eva avait respecté ce retrait. Puis impulsé par un désir survivant ou animé par une culpabilité sous-jacente il avait proposé à Eva de la revoir. Ils s'étaient retrouvés dans une brasserie où ils savaient avoir un minimum d'isolement. Jean la contemplait, assise face à lui, et constatait le changement physique de cette future mère. Elle ne s'asseyait plus comme un nuage se pose sur un sommet de montagne sans y peser, elle posait son corps encore ondulé mais déjà lourd en l'appuyant sur le siège et comme s'il était déjà arrondi et instable, plaçait ses bras en triangle de chaque côté pour l'empêcher de rouler. Il fixait ces yeux d'azur dans lesquels il avait aimé se noyer ; il essayait encore de la caresser mentalement mais son regard atteignait ce ventre qui n'en finirait pas de grossir et qui contenait le prodrome de la césure. Insensiblement Eva ramenait la conversation à des problèmes de naissance et d'éducation ; progressivement Jean sentait monter l'envie de faire cesser l'entretien. Il n'était plus en elle ; il avait maintenu l'apparence de la tendresse pour ne pas la poignarder plus. Il était reparti meurtri.

Les amants ne devaient plus se revoir avant leur adieu définitif. Eva appelait fidèlement Jean au téléphone ; il la rappelait avec de plus en plus de conscience. Les mots n'avaient plus le même contenu ; elle faisait semblant de ne pas s'en apercevoir. L'attraction avait de moins en moins de force : ils faisaient connaissance avec la pesanteur.

Épilogue

Jean Costre avait vécu toute la grossesse d'Eva comme s'il s'était trouvé au purgatoire en train d'expier l'infidélité de celle-ci ; les relations s'étaient estompées après la naissance et il avait porté sa douleur comme un ulcère à l'estomac. Il s'était jeté à corps perdu mais inutile dans le travail et l'ulcère ne se résorbait pas ; c'était Eva elle-même qui l'avait crevé avant son départ. Elle avait accepté un dernier tête à tête au cours duquel elle lui avait redit son amour. Il avait soupiré douloureusement

— Nous nous étions tant aimés... un si grand amour.

— je ne sais pas pourquoi tu parles ainsi.

Il avait précipité les adieux puis subi pendant quinze jours d'atroces contractions gastriques. La raison l'avait incliné à faire confiance au temps, à l'oubli, à l'endormissement de son âme. Il s'était relevé, avait repris sa tâche, sa vie mais le pessimisme l'avait submergé. La technique qu'il avait tant travaillé à dépasser venait maintenant à son secours. Des rares éclairs de bonheur zébraient son univers quand il avait découvert une bonne formule et il y trouvait un plaisir aussi égoïste et non partagé que profond. Une jeune collègue avait pris plaisir à le lire et avait eu l'audace de le lui dire. Il s'était malgré lui détendu, avait ouvert l'œil dont il ne voulait plus se servir. Belle et intelligente elle avait des trésors de romanesque pour qui saurait les découvrir.

Saurait-il ouvrir les yeux, rechercher un bonheur, le bonheur ? Saurait-il revenir à l'optimisme ? S'il entrouvrait la porte à l'optimisme et au bonheur, pourrait-il échapper à ce bourreau de destin ?

Tables des matières

Note de l'auteur — p. 3

Chassés du paradis — 5
Le chemin — 7
Le premier degré de l'inattendu — 21
Le second degré — 37
La sensibilisation — 45
Communion — 57
Le temps suspendu — 67
La fêlure — 77
Retrouvailles — 89
La rupture — 99
Épilogue — 105